Biblioteca Era

Pablo Soler Frost

◆

El misterio de los tigres

Pablo Soler Frost

◆

El misterio de los tigres

Ediciones Era

Primera edición: 2002
ISBN: 968.411.545.8
DR © 2002, Ediciones Era, S. A. de C. V.
Calle del Trabajo 31, 14269 México, D. F.
Impreso y hecho en México
Printed and made in Mexico

www.edicionesera.com.mx

Índice

♦

◆ I ◆

That I am fond of indulging, beyond a hope of sympathy, in such retrospection may be the symptom of some sickly idiosincrasy.

Charles Lamb, *New Year's Eve* (1821)

La guerra entre la langosta y el doctor Greene

a mi hermano Jaime

Como viajeros ingleses, curiosos, llegaron los grillos a las calles de Corregidora y aledañas, entre los montes que bajan a derramar su bondad a la avenida y los llanos donde se jugaba en los tiempos de Su Alteza Serenísima, frente a la iglesia del Calvario. Llegaron en septiembre. Al jardín del doctor Greene lo honraron con una visita exploratoria el día siete. A la mañana siguiente el buen hombre encontró entre quince y veinte chapulines, ocultos en la relativa seguridad de una planta de belén, lozana todavía. Un sonido llamó su atención. Como si se deshicieran terrones; así sonaban las falanges de grillos que pasaban de un jardín a otro, por la hiedra, en torpe, lenta, constante presión. La hiedra, planta malevolente, les proporcionó un corredor neutral, una ruta segura, un *no man's land*. Provenían, me anunció don Patrocinio por el teléfono, de los campos cultivados que envuelven, cual soga, el cuello del volcán. Y de allende, acelerados por la urgencia debida a su alta, fatal densidad. Y del suelo; eclosionaban al mediar el otoño. Los belenes, las gavillas de helechos, el plúmbago, las rosas, que podríamos figurar aguerridos, fueron, tan sólo, desafortunados; el bambú y el encino defoliados en tan sólo tres días más, en que el doctor don Patrocinio Greene y su jardinero, don Chucho, un anciano señor de Tianguistengo, no hicieron nada sino enojarse, y, con un palo, fustigar a la langosta mochando las coronas de las plantas, que es lo que, por lo común, come al último. El jardinero fue a preguntarle a la señora de enfrente y al taller mecánico de la esquina, si allí también tenían ese problema. En el taller había muchos grillos muertos en la grasa, atraídos, tal vez, por el fragante olor de la gasolina. La señora le dijo, como don Chucho ya sabía, que todo lo comen, menos el colorín, el fresno, el acanto, la hiedra y las higueras. Higueras y

13

fresnos, pensó el doctor, por ser sagrados; los demás, por tóxicos; tal vez doblemente sagrados.

–¿Y el césped?, preguntó Greene al regreso de don Chucho. Ése tampoco. Debería comprarse veneno, y aunque don Patrocinio no deseaba salir de su casa porque le dolía la espalda, sus rosas *Luto de Juárez, Königin der Rosen, Chrysler Imperial,* peligraban. Era necesaria, por tanto, la solemne dedicación de todos los miembros de la casa para defender las plantas, la magnífica arte topiaria de don Chucho, y a rosas, pensamientos, azaleas y otras, alguna esdrújula.

Tomó su coche negro, un vetusto Chevrolet blanco, y con gran dificultad, porque la calle de Belisario es muy estrecha, lo sacó de su garage. Bajó por Belisario hasta el camino a Acapulco y tomó para el Aurrerá, una gran tienda sobre el camino, frente a la iglesita de Calvario. Se extravió en el estacionamiento, hasta que descubrió una escalera de caracol que lo llevó a la entrada del emporio. Pasó sin ver por las secciones de fotografía, por los ultramarinos y por las modernas chinerías. Las tijeras para podar y el olor animal del abono le indicaron que había encontrado el pasillo jardinero.

Tardó en decidirse, pero por fin llevó consigo un polvo hecho de azufre contra los insectos de follaje, otro que en su carátula tenía un gran grillo negro y DDT en abundancia. Se colocó los guantes y guardó todo dentro de una bolsa para no contaminar el carrito.

Se había hecho tarde. Salió por la calle de Calvario y enfiló hacia el campo de batalla. Mañana habría de terminar con todos. Los grillos apercibieron quizá un cambio en la atmósfera del lugar y pidieron el máximo de refuerzos para resistir el ataque de los gases. Don Patrocinio pasó la noche consultando libros alemanes.

Como las instrucciones de los venenos recomendaban la "completa atropinización" del paciente en caso de envenenarse, buscó en su herbario una muestra de hojas, tallo, flor y raíces de belladona. Al alba obtuvo los largos prismas de gusto amargo. La atropina había sido usada como antídoto a los trilones en la primera guerra, pero su uso no era recomendado, dada su alta toxicidad. Pero el doctor apreciaba en su justo valor lo antiguo. La atropina era eficacísima, puesto que su acción lograba una paralización parasimpática de las inervaduras, restando fuerza a los espasmos resultado del veneno. Durmió bien, poco. Casi no movió las cobijas de su sitio. Se despertó, rezó un Ave María, borró el rastro de su figura en la cama, fue al baño, se duchó con especial cuidado, vistió una camisa a cuadros verdes y unos *lederhosen* y se calzó unas botas de piel de pejelagarto, ya medio arruinadas.

Con el tarareo de una canción, un buen desayuno en el estómago y una copa de champaña que creyó necesaria para levantar el ánimo del ejército, salió al jardín. Don Chucho se mostró a la altura de las circunstancias. Había preparado el aspersor con que rociarles el líquido mortal, guantes de lona, y estaba provisto de una red como de apicultor sobre su cachucha morada de los Vikingos, de los que era devoto, por haber trabajado en Minnesota en una época.

Para cuando cayó la tarde, estaba ya listo. Guardaron los pijijis y al perro, una *Siberian husky* medio atarantada. Al pisar el pasto, pareció que una reacción en cadena tuviera lugar. Las partículas del gran cuerpo de la langosta se precipitaron en todas direcciones, comunicando con su cambio de posición la presencia de un cuerpo extraño y amenazador en las cercanías. Don Chucho cargó el aspersor sobre su acostumbrada espalda. El doctor Greene cubrió sus espaldas armado con una cuchara con la cual esparcir el polvo blanco del frasco rosado. Bellos colores para morir.

Ambos combatientes se separaron, emprendiendo con paciencia la tarea. La primera oleada de chapulines había adquirido ya el color negruzco de la madurez. Una segunda generación había crecido ya para el catorce de septiembre, a la sombra del vergel de don Patrocinio.

Durante tres horas, don Chucho fue rociando la pared oriental, entre los papiros y los bambúes, otras especies a las cuales los grillos no eran afectos. No roció una retama por un hecho singular. Una araña había defendido con éxito una rama de la horda. Fue el primer y único bastión que hallaron. El doctor fue espolvoreando los geranios. Pero el viento de Tlalpan es traicionero. Una ráfaga le polveó la cara. De inmediato sintió un fuerte dolor de cabeza. Vio las figuras brillantes que preludian la jaqueca. Siguió la náusea.

Llegó a su laboratorio. Un caimán disecado que tenía desde hacía mucho, lo miró con burla. "He de deshacerme de ese bicho", pensó. Logró el frasco con el contraveneno. Pensó aún en la extraña flexibilidad de los medios, que, de acuerdo con las dosis, construyen una rara escalera de la bondad al tóxico.

Su sueño lo salvó. Se concedió los días patrios de permiso. Don Chucho, mientras, había abierto una saliente en la confluencia de unas rocas y la pared oriente. Aumentó la dosis. Los grillos temblaban incontrolablemente y luego se llevaban las patas al cuello. Algunos presentaban escoriaciones, y dejaban una mancha parduzca. Horas después aún tenían movimientos reflejos.

El diecisiete, un poco mareado por los tequilas que había tomado durante una comida en casa de doña Cecilia, comenzó la batalla de los rosales. Casi setecientos gramos del veneno para insectos del follaje se consumieron en las primeras horas. Las hojas quedaron blanqueadas, como sepulcros: en la tierra los cadáveres de dos *lojos* (o séase batallones) de grillos. De pasada, mosquitos, moscas, escarabajos y una larva que se envolvió en seda para protegerse, creyéndose segura dentro del sudario.

El dieciocho al doctor Greene lo tumbó en cama un catarro. Don Chucho hubo de ir a su pueblo y a la langosta, literalmente, se le concedió un respiro. Habían aprendido ya a evitar la esquina y las paredes que hacían frontera con el taller, por el vapor mefítico que acaba las andanzas del grillerío. Pero del lado de los vecinos, que tenían su terreno muy descuidado, la legión proseguía su avance.

Los residuos del veneno lograron detenerla con su invisible mano. Al reanudarse las hostilidades, la langosta perdió su ventaja táctica. Hoja por hoja, se le fue ganando terreno, desalojándola del feudo. Las gotas del veneno formaban una

16

barrera impenetrable, de la que daban testimonio los cientos de cuerpos, asfixiados.

En las azaleas resistieron más tiempo, por causas aún no explicadas. Pero en la mañana del día veinticuatro, un silencio sepulcral cubrió el campo. Nada se movía, salvo la centinela araña y, bajo tierra, las lombrices, que han de sobrevivir siempre.

El doctor Greene, sudoroso, se permitió la libertad de invitar a don Chucho con una cerveza. Las pérdidas habían sido insignificantes, el enemigo había mordido el polvo, en el aire se escucharon los primeros lamentos de *1812*, y la mañana misma pareció triste y gloriosa, satisfecha de sí, como después de un gran banquete...

El naufragio del buque *México*

–Yo iba a ir de médico de a bordo, pero un leve accidente a la altura de Novara (atropellé un cebú) me impidió embarcar. Debo decirle que tenía mis dudas respecto al éxito de esta aventura –me confió el doctor Greene una tarde muy hermosa, de grandes cúmulos blancos, mientras nos emborrachábamos en el Loma Linda.

–El buque *México* estaba hecho de un raro material para un cáudex. Era un buque de concreto. No sé qué ingeniero de Carolina o de Virginia, al que en su país nadie pelaba, había entusiasmado al secretario de Marina con su invento. El barco se había colado. Estaba listo para botarse cuando llegué a Veracruz. El secretario leía un breve discurso frente al presidente, creo que era Ávila Camacho, y a los muy envidiosos Topete y un capitán de nombre Lubina que, insolente, se había atrevido a augurar el inevitable naufragio...

Un trago...

–El barco, luego del también inevitable bautizo, se deslizó pesadamente. Entrar al agua y naufragar: todo fue uno. El barco se fue al fondo del puerto con sus torretas de concreto, sus grúas y sus cañones de metal, muchos mareados marineros. Al secretario un color se le iba, otro le venía: sus órdenes se volvieron incomprensibles dada la excitación y el ruidero de la gente, que, arremolinándose, quería acercarse al borde de la poza profunda que se tragaba inexorable, al *México*.

–Yo di gracias al pequeño Vishnú-St. Lèger, por salvar mi vida y mis libros. Los del niño, como bien sabe, se perdieron en el viaje de la familia volviendo a Francia: los volúmenes rojos de Victor Hugo, los negros de Lamartine, los hermosos, equivocados de Buffon... Desde entonces, ¿sabe usted?, sólo voy en barcos de madera; si los hubiera de mecate, ésos abordaría.

No recuerdo si algo añadió el doctor. La noche me devolvió de golpe la sobriedad, mientras bajábamos de Las Lomas, pasando el astillero que otro secretario construyó encaramado frente a las feas fuentes de Chapultepec.

El doctor Greene en el sitio de Bagdad

Comunicaciones de fax recibidas hasta hoy, 27 de enero de 1991. Relación completa. No se ha omitido ni una palabra. Esta información no ha pasado por oficina de censura militar alguna.

0000 BAGDAD FAX 11 I 91
LANGOSTA A PANGOLÍN
EMPIEZA EL MENSAJE

¡La paz sea con Bagdad, en cada morada!, como escribió el imán y cadí Abu M. 'Abd al Wahhab b, 'Ali b. Nasr al-Maliki al Bagdadi. Primero que nada se preguntará usted qué hago en la ciudad de Harún el Rashid. Es una historia larga, paisano, pero trataré de resumirla brevemente en su beneficio. Estaba yo en una pequeña ciudad alemana. Un día en que me dedicaba a la contemplación del campo pasó una mujer que me turbó. Toda la noche intenté desviar mi imaginación de su figura para fijarla en un artículo que estaba leyendo. "Early Political Development in Mesopotamia". Me fue imposible. Averigüé con el encargado del museo local que la mujer era iraquí y me apresté a fingir un poderosísimo conocimiento de su país, usted sabe. Pero descubrí, para mi consternación, que había levantado el campo, si me permite la frase. Decidí, y logré afiliarme en los últimos días de un caluroso mes de mayo a una expedición arqueológica, y ecológica, amén de turística, al Irak. Tenía su nombre: Maryam. El apellido no se lo revelaré, si usted me lo permite. Sabía también que era arqueóloga. Armado, pues, de tan vitales piezas de información, fuime a Sinjar, que es un pequeño pueblo montañés, aislado del resto del mundo, que era donde ella trabajaba desenterrando una antigua torre ninivita. Nos conocimos, etcétera. Viví feliz a su lado hasta principios de octubre. Ella excavaba, yo leía e intentaba entablar amistad con los yazidi, un clan muy cerrado, cuya religión es un edificio construido con fundamentos paganos, zoroástricos, musulmanes y cristianos. Se imaginará usted que han sido brutalmente perseguidos. No vaya a reírse y piense que andaba yo en busca de los secretos de los magos caldeos.

En octubre, empero, se habló de peligro: en noviembre la situación fue tornándose francamente hostil. Un MIG sobrevoló la zona: otro, un día después. Llegaron alambradas; técnicos, y un *naquib,* es decir, un capitán. Maryam volvió a Bagdad, dejándome su dirección en una pequeña tarjeta. La razón de su urgente partida era un llamado a filas: de mí no seguirla, la razón fue que estaba en compañía de varios arqueólogos alemanes cuya situación era incierta. Mi situación, también. Pocos días después recibí permiso, casi orden, de dirigirme a Bagdad. Allí me encaminé, registrándome en el Carlton. Me quité la sequedad del vuelo con un baño, y un té con pastas bastó para mi hambre, bien que me prometí algo más suculento.

Recibí un mensaje de ella, salí al bullente mundo de la calle Nindal y encaminé mis pasos hasta un taxi cuyo conductor intentó cobrarme exageradamente: el caso es que la encontré en una casa cerca del barrio de Al-Wiyah, a la orilla del Tigris. El taxista había intentado enseñarme la Puerta Sur, la británica oficina de correos, unas obras en el antiguo hipódromo, en fin. Costó llegar.

Allí fue ya el paraíso. La casa era suya, pues todos sus parientes masculinos habían muerto en una masacre. No me dijo en cuál. Yo le platiqué que también tengo ascendencia árabe –usted sabe que soy pariente de los Hassán de Ciudad del Carmen… conocí Bagdad; y vi más televisión de la que hubiera visto nunca, que usted sabe que no me gusta. Pensé en salir de allí, se lo aseguro. Incluso conocí a un ingeniero mexicano, Refugio Pacheco, que ya salió. Si lo conoce, salúdelo de parte del doctor Langosta. Incluso me invitó a una grave reunión para discutir la conveniencia de salir inmediatamente para Amán; pero ese día a la mujer a la que amo le concedieron un grado. Y aunque ella no era el tipo militar, por ponerlo así, recibió la noticia con no sé qué secreta alegría: fuimos a festejarlo a la manera arqueológica: un *tour de force* por las imponentes salas del Museo Nacional, el Museo de Khan Marjan, y la vista un tanto melancólica, incluso aprensiva, al Museo de Armas, *près du Palais abbaside,* como decía mi anticuada guía.

A la mañana siguiente, vi de nuevo al ingeniero, en la iglesia de San José. Él ya se iba. Le mandé con él unas semillas de rosas del Oriente. ¿Las recibió?

Continuaré mañana. Debo ir a la Media Luna roja donde hipocráticamente atiendo con devoción niños desnutridos y a los que yo llamo "afectados por el patriotismo": jóvenes que se dispararon por error, hombres desmayados en las agotadoras revistas: nada muy distinto del Tabasco donde practiqué, aunque bien es cierto que todo fluye.

Gracias a Dios, señor de los mundos.

000 BAGDAD FAX 13 I 91
DOCTOR LANGOSTA A JOVEN MANGOSTA AUTHORIZED VERSION

Le voy a relatar, si Dios me lo permite, los últimos sucesos.

Por cierto, disculpe si cambié su nombre del código, pero creo haber visto en Burundi algo de pangolines: y son insectívoras. Dicho esto, prosigo donde me quedé: sepa, paisano, que Bagdad ha sido asediada, tomada y destruida muchas veces. Cuando Hulaqu, el hermano de Kubilai, ayudado por los hombres del hijo de Subotai, invadió Mesopotamia, tomaron con saña Bagdad y Damasco: ese día el Califato, como escribe Lamb, simplemente dejó de existir. Y antes. Por la tierra de los ríos se han sucedido acadios, asirios, babilonios, casitas, hititas, mitanos y persas desordenada, tumultuosamente; como mareas que anegan la tierra, se sucedieron vibrantes tronos de hierro y de oro.

Prueba de su estar en la cuerda floja es que fue construida como una ciudad redonda con una ciudadela interior. La ciudad del califa Mansur fue un fortificado círculo.

Me hallo en una terraza, escribiéndole, agotado tras hacer una cola interminable en un banco oscuro y húmedo. La terraza es fresca en comparación con el resto de Bagdad que ya he conocido, salvo, tal vez, los parques de Al-Zawra. Fui al cine Granada y vi un larguísimo noticiero, alarmante. A mitad de la función sonó una alarma. No es que el público fuese silencioso, pero se volvió aquello una ordenada algarabía, y terminamos todos en un refugio, aunque luego Maryam y yo fuimos a cenar al Hammurabi.

En la radio suenan aires militares: el teléfono suena impertinente: yo miro unas gruesas berenjenas que se secaron a pesar de los cuidados de Ahmed, el jardinero. Creo que el chayote se daría. Varios doctores me han preguntado si mi casa podría albergar heridos: ayer se acabó la última vacuna antitifoideica.

Saber que viene la guerra: que pronto Bagdad será bombardeada, me tiene como alelado; o a lo mejor es perfecto sosiego, esa paz espiritual al borde mismo del peligro: el momento de montar el tigre. Tarde tibia de Bagdad.

Ibn Battuta me hace compañía. Tengo tres botellas de whisky enterradas, que me dejó un mexico-norteamericano muy raro, que pagó cinco mil dólares ayer a un taxista para que lo llevara a Amán; el hombre del libre está ya de regreso: *a local hero*. Quiera Dios que Dar es-Salam (morada de la paz) no sea arrasada. Y aquí en Irak las metáforas y los misiles. Creo que inevitablemente dará inicio "la madre de todas las guerras". Estoy cansado: mañana le escribiré. Dígame si está de acuerdo con su nuevo nombre. Dios sea loado. Fin del mensaje.

000 BAGDAD FAX 16 I 91
DOCTOR LANGOSTA A JOVEN MANGOSTA DIRECTLY FROM THE SIEGE

"Y los infieles mataron e hirieron hasta que se puso el sol", como escribe un viejo historiador árabe. A contracorriente del Tigris empezaron a aparecer sus aviones hacia las tres de la mañana. El cielo despejado se encendió de luces que mostraban la trayectoria de los *flaks:* los aviones volaban muy alto. Pareció caer una gran cantidad de bombas del otro lado del río, por la Puerta Oeste de Bagdad, en el aeropuerto, por la tumba de Zobeida. Toda la ciudad estaba a oscuras; de pronto una serie de grandes explosiones, como si del cielo cayese una luminosidad intolerable, me hizo pensar que la ciudad estaba siendo bombardeada únicamente con misiles: pero fue un ataque conjunto. Maryam me dejó en la casa: en un jeep militar se perdió en dirección a la calle Al-Rashid. Dos vecinos –un hombre gordo sin una pierna, que perdió por una mina perdida que él encontró, y una mujer de rasgos aristocráticos, pero completamente devastada por los cuidados y angustias que su marido le ocasiona– vinieron a guarecerse a la casa. Dicen que una bomba ha alcanzado la mezquita de Gailani: y con los albores del día, varias columnas de humo muestran, entre las figuras optimistas de los rascacielos, la localización de los blancos. De los bazares salen columnas más frágiles; una voluta inmensa esconde el palacio abasí.

Nuevos ataques aéreos; estallido tras estallido uno reconoce la amarga verdad: la guerra ha comenzado.

Una poderosa bomba hiende el agua hedionda al lado del club Alwiyah, entre cuyos *habitués* estuvo Somerset Maugham. A las siete Radio Bagdad volvió al aire y emitió un parte.

Yo, por la mía, estoy aterrado, y sin desayunar, hago que Ahmed me lleve al hospital, loado sea Dios, intacto. Parece como si no hubiesen tocado nada: la torre de la televisión parece intacta, y en el trayecto sólo encuentro una esquina destripada. Están bajando un colchón y un refrigerador del segundo piso. Maryam no aparece: y ceno con Ahmed y la pareja Buguiba para después escribirle, en secreto: alumbrado tan sólo por una vela. Oigo nuevas explosiones. Duermo un momento y sueño con mi casa, en Tabasco: los cuartos parecen iluminados por explosiones, pero no se oye ningún ruido. De pronto, el dios Murciélago extiende sus alas y vuela hacia San Juan Bautista.

La gente abandona Bagdad. Parece como si Abud Tamman Habid b. Aws (1144-1217) hubiera adivinado su porvenir cuando le dedicó estos versos (metro *basit*):

¡Pues el mensajero de la muerte se alzó ya sobre Bagdad, que quien
la llore vierta sus lágrimas por la desolación del siglo!
Estaba junto a las aguas, mientras la guerra ardía:
mas, por suerte, en sus barrios se apagaría el fuego.
Esperábamos un retorno venturoso de la Fortuna
pero hoy la desesperación anega la esperanza.

La gente abandona sus pertenencias y en automóvil o en burro salen apresuradamente de Bagdad, de nuevo bombardeada. No he tenido un minuto de reposo ayudando en el hospital de sangre. La televisión muestra la misma desolada imagen del Bagdad por el que transito.

Una explosión horrible apaga todo tras encenderlo. Maryam le manda saludos. Acaban de avisar que varios misiles han impactado Tel Aviv y el puerto de Haifa. Tengo un amigo médico allí, el doctor Husikmann, nacido en Sonora; y el doctor de Swaan, que aunque es un perdido irredentista, tiene buen paladar y agradable conversación mientras está sobrio.

Abrí una de whisky, y la bebí como si el propio Garrido Canabal y todos los diablos de los batallones rojos vinieran a quitármela. Como dice en *1 Tesalonicenses V:21,* "Paz para los hombres de paz: guerra a los que la merezcan".

Nuevas explosiones, en fila india: y una nueva, más potente, más abrasadora: mucho me temo que el Museo de Armas y el palacio hayan sido tocados: pues parece que volaron el Ministerio de la Defensa, contiguo. Era una mole a medias británica, a medias árabe, por los falsos arcos de punto, a medias soviética. ¿Vió ud. *Brazil*? Haga de cuenta el Ministerio de Información. Maryam dice que Hussein cambia de casa cuatro o cinco veces en una noche: y que hay cuatro hombres que son sus *impersonators:* uno de ellos puede ser el Sadam Hussein sonriente en una avenida casi vacía: las mujeres le besan la mano, los hombres prorrumpen en vítores. Pero no es él, dice Maryam, quien sale en este momento hacia el búnker del Ministerio del Aire: yo termino, envío, y salgo de nuevo a intentar sanar las heridas de esquirlas y metralla. Dios se apiade de todos nosotros.

0005 BAGDAD IN FLAMES FAX
SU VIEJO AMIGO EL DOCTOR LANGOSTA AL JOVEN MANGOSTA

Yo, en el hospital todo el día: los árabes reclaman un alto al fuego; las plataformas petroleras del Golfo han sido atacadas; la TV iraquí reconoce que hay más de noventa muertos hasta hoy. Fui, ayer domingo, a misa, a la iglesia de Santa Fátima, en el Karradat Mariam, al oeste de Bagdad: pocos restaurantes aún abren: de los hoteles, tan sólo el Al-Khayam y el Bagdad de la calle Sadoun, y el Iraq, en la avenida Rashid, pueden anunciar cierta variedad en los menús, incluso perdices; y mucho alcohol, que es lo que vierto en las bocas de los que han de sufrir una amputación. Son árabes, recuérdelo; tengo que tener mucho cuidado. Uno que estudió tanto, y terminar haciendo urgentes carnicerías en un cuarto mal ventilado, como si fuese uno un barbero con su bacía. Una bomba dicen que destruyó el Strand, un restaurante de unos amigos de Maryam: otra, una fábrica de leche en polvo; pero no doy crédito sino a lo que veo: y aun así, eso es difícil. En la plaza de los Héroes, que tiene un mural horrible en relieve, y que me recuerda indefectiblemente México, vi la suerte del niño que asciende al cielo por una tensa cuerda y desaparece: sube, simulando enojo, el fakir tras él; y me lo avienta desgajado, en trozos, que pega a satisfacción de nuevo en tierra. El niño sonríe y pide dinero. Ya había visto yo esta suerte, poco después de la independencia de la India, en Nueva Delhi.

La gente sigue saliendo de Bagdad, a Kerbela, a Kirkuk, al desierto jordano, hacia Irán. Déjeme que le explique a usted algo que no entiendo: la gente acarrea cosas tan disímbolas, tan evidentemente inoperantes, poco útiles. Ya lo veo a usted, saliendo despavorido, pero eso sí, con los veintitantos volúmenes de una *Enciclopedia Militar,* y su hermana jalando a la perra Thatcher. A petición de Maryam he confeccionado una pequeña lista, de la que, en esta ciudad sitiada, he extraído una leve alegría: es una lista de bienes que incrementan su utilidad durante una guerra. Le mando copia aparte. No sé si, muriendo aquí, pueda volver mi cadáver a México. Mande usted enterrar algo mío, la *Zoologie* de Gervais por ejemplo, o mis faxes, y págueme unas misas. El bombardeo ha vuelto a empezar. Y aunque intento convencerme que todo es una ilusión, parte de esta vida, pero no de la vida, tengo miedo. Pienso mucho, extrañamente, en algunos personajes de Pérez Galdós: en el honrado aragonés que dio todo en el sitio de Zaragoza, en el viejo Candela que ocultaba harina y pensaba venderla con gran provecho en no sé cuántos maravedíes, en el médico del sitio de Gerona que intentaba esconder la guerra de su hija, y que incluso hubiera llegado al canibalismo, con tal de convencerla que cuál guerra, que esas explosiones eran cohetes por la Virgen, y que no podía salir a la calle por una pequeña cosa un día, al día siguiente por otra.

Seguiré transmitiendo, paisano, si el Señor de los Mundos lo permite. ¿Podó el jardinero las rosas del jardín? Porque si no, van a crecer.

000 BAGDAD LAST FAX. NO IRAQUI CENSORSHIP SAW THIS PIECE OF PAPER, BEING THE LAST OF A FICTITIOUS ACCOUNT ON THE TRUE SIEGE OF BAGDAD

Paisano: M. dice, y estoy de acuerdo con ella, que se ha vuelto muy peligroso este hábito mío de escribirle. Ya ve que a unos de CNN los sacaron de Bagdad: los teléfonos están cortados, o interferidos por una voz tenaz que niega la posibilidad de comunicación con el exterior: todo lo que nos llega de afuera son bombas y más bombas. De aquí también salen misiles:

nuevamente se ha atacado Israel y Arabia Saudita. Vimos un ave muy rara, como un cormorán, ayer, volando desconcertada por el Tigris, que arrastró esta mañana un trozo de un puente que construyó un ulema, tocado por un proyectil.

Salgo para el hospital.

El buen aire de Bagdad en mí despertó el deseo de quedarme junto a ella, aunque lo impida el Destino.

En la admirable madrasa an-Nizamiyya se ha improvisado un hospital. Dejo la ribera del Tigris por un balcón en el Zoco.

Quiera Dios que nos volvamos a ver, y sepa usted ya para entonces los nombres de todos los califas abasíes, lista que termina con al-Musta'sim, que, copio a Ibn Battuta, "siendo él califa, entraron a espada los tártaros a Bagdad y unos días después lo degollaron".

Oh, Hafiz, la vida es un enigma
El esfuerzo para resolverlo es una trapacería y grande vanidad.

END OF LOCAL TRANSMISSIONS. 6:35 A. M.

28

La bandera de El Álamo

a mi hermano Francisco

Don Patrocinio Greene era pronto a tomar ofensa. Una vez en San Antonio, lo había invitado un dueño de unos laboratorios a su gran casa, pero era el último. Todos los otros invitados ya estaban allí. "Si te dije que iban nomás a verte, para ver cómo es un mexicano culto"; riendo doña Cecilia, se lo había advertido.

Y el anfitrión, para colmo, para empezarlo todo con algo gracioso –aunque luego se vuelven serios como piedras, porque así son los del otro lado–, le había dicho, haciéndose el confidente, cuando todos sabían que era uno de esos hombres que no saben lo que piensan sino hasta que ya lo dijeron; y a mi paisano le había confiado, frente a todos sus otros huéspedes, que era el primer mexicano al que convidaba a su casa, y que lo bueno ¡era que tenía un apellido en inglés!

¡Cómo le dolió a don Patrocinio no haber sabido contestarle, más que un débil murmullo, mientras se ponía granate! Me lo contó a mí, doña Cecilia, a la pobre señora Hüsli, una suiza un tanto dura de oído, y a sus amigos de los desayunos de Sanborns, y a su amigo el embajador Ulises; ya no sé cuántos norteamericanos, a los que le encantaba fastidiar por lo de las reclamaciones del agua del río Colorado o las filibusteras mañas con que se apañaron Texas.

Don Patrocinio es, y ha sido siempre, irredentista, y ha apoyado reclamaciones croatas contra Yugoslavia, españolas contra Milán, Orsini contra Carafa, Carafa contra Felipe II, Von Mannersfeldt y Von Wuthenau contra la extinta DDR, del pueblo de Atalaya Etla contra las leyes juaristas, de los meridenses contra campechanos, por supuesto la devolución de Nuevo México y de Utah y un largo etcétera… Y como no le faltaban amigos que quisiesen probar lo contrario, don Patrocinio tenía incontables motivos de ofensa, que nunca sé si perdonaba con un buen corazón del Sureste, o si las iba guardando en una bolsa, como el cardenal Montalvo, para cobrarlas en un x día, por un vengativo corazón del Sureste.

Un día desayunábamos con doña Cecilia, que tiene la execrable manía de vaciar su toronja y beber su café mientras lee con matutinos. Por poco le da el soponcio.

–Patrocinio, ¿ya viste? Aquí dicen que "dentro de la discusión sobre el Tratado de Libre Comercio, el estado de Texas pidió la devolución de la histórica bandera que ondeara en El Álamo, obtenida por las tropas mexicanas durante el degolladero del fuerte del mismo nombre, que los texanos consideran ara de su libertad".

Don Patrocinio no mostró el menor signo de cólera. Siguió comiendo feliz sus huevos motuleños, y se sirvió más café.

–¡Ah, qué tejanos! –se limitó a decir y después habló de ¿pero quién era?, quién recuperó las águilas perdidas por Varo; y de la costumbre de arrojar más allá de las propias líneas los estandartes, para excitar el valor de los soldados.

–Pues que nos devuelvan de menos la momia de Fray Servando.

–Sí, o la isla de Santa Catalina –dijo doña Cecilia.

–O Guadalupe.

–O La Mesilla.

–Pero señores –dijo don Patrocinio–, si lo pasado, pasado, y todo eso. No vamos a pelearnos por una antigua bandera, que conseguimos en una acción un tanto dispareja, y que tan sólo a falta de verdaderos triunfos veneramos. Al lado de Lodi, por favor, qué es ese sitio rascuache.

–Pues dirá usted misa –dijo doña Cecilia, injertada en pantera–, pero les estuvo bien. Y esa bandera nos la ganamos con sangre, y no se la devolvemos y sanseacabó.

Yo estaba sorprendido por el cambio de papeles: el patriota doctor Greene, ecuánime: la apacible doña Cecilia fuera de sí; hasta se despeinó.

No vi a don Patrocinio en los días siguientes, que ocupé en ir al Castillo de Chapultepec para mirar la mentada bandera;

pero ahí no estaba. Fui luego, entre peseros y motocicletas, a Churubusco, a ver si allí. Pero nada. En la Sala de Armas General Alemán, tampoco, ni prestada a un museo español ni en el museo de Tacuba ni en Antropología, vaya ni en la vitrina de honor de un amigo, hijo de un voraz almirante, coleccionista de objetos patrios.

Los periódicos dieron noticia del asunto. Un día me paseaba por Coyoacán y me encontré al doctor Greene, que salía de unos laboratorios escondidos entre los pirules.

–Acompáñeme; vamos a tomarnos algo.

Paramos un taxi y fuimos a la cantina del centro de Tlalpan. Pero por más que estuve hablando de banderas, contándole repetidas veces lo extraño que se me había hecho que no estuviera el trapo de El Álamo donde yo imaginaba, nada dijo, no chistó. Dos tequilas, nada; varios tequilas; nada. Don Patrocinio me platicó de víboras y sí, de banderas (como la muy tremenda *Don't Tread On Me)* y de un libro muy interesante que estaba leyendo, *The Status of Tibet,* de un jurista norteamericano espléndido, que demostraba a ciencia cierta la ilegalidad de la ocupación china. Pero de Davy Crockett y de Santa Anna, ni una palabra: ni siquiera habló mal de Zamora Plowes y bien de Salado Álvarez como era su costumbre cada vez que se hablaba de la independencia de Tejas, ni murmuró algo contra las siestas y las patas de palo, ni se refirió a unos grabaditos que hubiera a lo mejor comprado, *Brave Good Soldier Saying Good-Bye to Life in the Hands of a ferocious Mexican* o una hojita volante con *Las Que Padecimos con Santa Anna o Relato Verídico y Asombroso de la Incuria de Siestero,* ni recitó aquello de "As the Executive claims the Spanish Province of Texas [...] the same means have for some time past been put in operation to wrest it from its true owner. *Desperadoes* have been instigated to raise a revolt, and reinforcements have been drawn from every quarter of the United States to support and enforce it..."[1]

[1] Extractos Recortes de Gaceta, Georgetown, miércoles, día quince (sin año), *apud* Vicente Ribes Iborra, *Ambiciones estadounidenses sobre la provincia novohispana de Texas,* UNAM, 1982.

Al salir, me entregó una bolsita de hilos de seda, como las que mi abuela usaba para guardar alguna reliquia, o una espina del patio tercero del Convento de la Cruz, de los árboles sembrados por fray Junípero Serra, o una hojita de la higuera rediviva de san Felipe de Jesús.

—Guárdela junto a su corazón: es un trocito de la bandera que ganamos a degüello en El Álamo.

Quedé frío. ¿Qué había hecho don Patrocinio?

¿Habría robado la insignia? Abrí la bolsita y apareció un cuadrito de seda, blanco, raído, sucio. Algo me dijo que en efecto, ese trozo de tela pertenecía a una bandera que los descendientes de Houston reclamaban. Volteé hacia don Patrocinio, pero éste había desaparecido por la calle de Moneda. Necesitaba aclarar mis pensamientos, me senté en una banquita frente a la iglesia, y después decidí entrar, atravesando el atrio con sus rosas golpeadas por el agua y sus letreros lowrianos entre las plantas.

Recordé que doña Cecilia daba un té danzante esa tarde y fui, pues estarían sus hermosas sobrinas, y otro amigo, poeta, muy curioso a pesar de ello. Por supuesto que además sentía que doña Cecilia poseería la clave del misterio, si acaso se me concede el uso de tan manida expresión.

Los tés danzantes de doña Cecilia son un delicioso anacronismo, aunque más de uno haya terminado un poco como baile y cochino. "Esto me ha servido como experiencia, pues me di perfecta cuenta de la depravación de los jóvenes. Imagínense, ¡fumando mariguana en ayunas!", como decía a sus contertulios. Los tés se dividían generalmente entre los que teníamos las edades de Victoria y Eugenia, una soltera y la otra casada, y los viejos amigos de doña Cecilia, algunos recién salidos de un álbum de estampas fin de siglo (del anterior). Duraban unas tres horas, a menos que hubiese que salvar a doña Cecilia de algún imprudente o de un amigo al que llevaba años sin ver que le refería con exactitud sus padecimientos bajo el cobalto. Esa tarde un tanto negruzca, solitaria, llegué a donde el té. Llevaba allí una media hora oyendo discutir sobre el eclipse y el renacimiento de México o su brutal caída, cuando de pronto, doña Cecilia me llevó aparte. De su voluminoso pecho, sacó una cadenita de oro, y engarzada en uno de esos ojos de vidrio, había otro pedacito de la bandera de El Álamo.

–No es mucho lo que puedo decirle. Bástele a usted saber que la bandera estuvo unos días en casa de una dama en Las Lomas, y que después se decidió a cortarla en quinientos pedazos y entregarle un pedazo a quinientos mexicanos. La lista ha sido destruida, muchos pertenecen a cierta Orden de la que ya hemos hablado antes… Además, la bandera se repartió también al azar: por ejemplo, a muchos mendigos, envolviendo mil pesos, o cosida en la parte interior de unos sacos que regaló el doctor Greene a la caridad, y en un bolo del bautizo de la sobrina bisnieta de mi nana Francisca. Así que ya lo ve usted: es imposible regresarles la bandera. Debería escribir esa historia, amigo mío, en lugar de sus reportes jurídicos sobre a quién, según el derecho de gentes, pertenece la bandera. Aunque si he de confesarle una cosa: para mí –dijo, guardándose el relicario–, todo esto de la derrota tejana ya es historia del pasado, ¿no lo cree así?

Alta montaña

Muy temprano, una mañana de mayo, antes de cernirse la contaminación sobre nosotros, don Patrocinio de buenas y yo tosiendo de algún cigarro, fuimos de picnic con su amiga doña Cecilia por el rumbo donde sobrevive el teporingo, y la serpiente de cascabel, entre los zacates. A ver si íbamos también a Tlalmanalco, a ver las calaveras, leones, monos y frailes de la capilla abierta, cuyo cuidador ha hecho un jardín magnífico, con perritos, panalillos y lirios boquiabiertos. Llevábamos una canasta de víveres y especial nostalgia por los volcanes, siempre invisibles. Don Patrocinio cargó, además, con una larga caja negra que apenas si cupo en mi automóvil. Para doña Cecilia la excursión ofrecía paisajes espléndidos e iguales oportunidades de tomar un piscolabis por el añoso camino a Xochimilco y a Milpa Alta. Nos fue platicando de un mixiote memorable que había comido allá por 1950, de barbacoas, de tacos de nopal, del restaurante alemán del señor Plá, de la vez que se intoxicó por probar de todos los moles, y del Wienerwald, un restaurante muy venido a menos, pero aún simpático.

Es doña Cecilia una mujer maciza, muy fina de manos y de familia ilustre. Encendía sus cigarrillos muy decidida, como prendería un insecto un cigarro, como si sus manos no supiesen ponerse de acuerdo sino bajo una concentrada mirada que no se fiara de la orden nerviosa. Ella fuma, alternados, cigarros de menta y de tabaco, yo rubios, el doctor Greene se hace unas flautitas con tabaco javanés y papel Jaramago Valadia. Fuimos fumando en silencio, aspirando el aire lleno de voces o también callado, que olía a rocío, a zacate, a madera recién cortada, a carbón. Después nos perdimos, porque una feria cerraba el camino a Oaxtepec, y luego hubimos de dar una vuelta porque, equivocados, ya íbamos a Chalco.

Pero entre los eucaliptos nos estuvo platicando de unos espías muy raros que había conocido en su último té danzante, y de su nieto que iba a ingresar a la Armada de México, haciéndose de piedra mientras lo decía, como una figura de estampa de una matrona romana que ve cómo traen a su hijo sobre el escudo...

En Tlalmanalco tomé varias fotografías de los cráneos de piedra y el doctor Greene un refresco horrible de pueblo; en Amecameca –a donde entramos por el lado del león de bronce–, el doctor disertó sobre los jeroglíficos y las inscripciones indígenas en las iglesias, como en Ayotzingo, o el número o pictograma representando un año de viruelas, como en Cuilapan, en esa inmensa nave abierta, derruida, tan grande como la de la iglesia nunca concluida del obispo y virrey don Juan de Palafox, camino a Tehuacán, o en el mismo Tlalmanalco, donde en los pilares laterales del gran arco están representados los años Tres Pedernal (1560) y Cinco Pedernal (1588), fecha posible en que se abandonó la obra de la capilla abierta. Y esa águila de piedra de Tecamachalco, o de Los Chiapas, con números y numerales.

Nos comimos una quesadilla de huitlacoche y unos tlacoyos para darnos ánimo pensando en la ascensión y salimos de Amecameca por la puerta colonial, entre las bardas de adobe, puerta que conduce a los volcanes. Pocos paisajes en México tienen para mí ese gusto, esa solemnidad, esa belleza inocente de la milpa mojada que esconde entre los surcos sueños prehispánicos, y calaveras que parecen despiertas, con ojos de nácar y narices de obsidiana. Eso, la milpa mojada, o seca.

Tomamos una desviación de la carretera, cuyos abetos alemanes ocultan milpas, sembradíos de nabos y de frijol. Nos dirigimos al Popocatépetl por un camino de terracería, que de niño había caminado muchas veces, y ni qué decir del doctor Greene. Nos bajamos del coche al encontrar una tranca que cerraba el paso a medio bosque de pino. Cargué la caja, don Patrocinio el botiquín, doña Cecilia la canasta. Doña Cecilia eligió un estrambótico oyamel y, muy quitada de la pena, extendió una manta en el suelo y se sentó dispuesta a leer de un tirón, antes de comer, *They Came to Baghdad*. Dejamos a un lado la canasta y sacamos el contenido de la caja: un par de varas con una horqueta en la punta, varias bolsas de yute, mecates, guantes de lona, dos sombreros de jipijapa y dos pares de botas altas y de suela gruesa. Íbamos a cazar serpientes.

Don Patrocinio era un asiduo filofidio: había acompañado a Becerra en sus trotes por el monte chiapaneco y a Santamaría, uno buscando palabras y otro nauyacas a las monterías; tepocatas, tzilcóateles, y la extraña serpiente de las flores, que trae fortuna. Tenía don Patrocinio un laboratorio, allá por el Monumento a la Revolución, donde había hecho experimentos, anotando las reacciones al frío, a la luz, al calor, de los crotálidos e investigando un año en el prestigiado Instituto Butantan; parte de su fortuna provenía de los sueros anticrotálicos que producía.

Las serpientes eran cosa común en casa de don Patrocinio. Estaba la boa, animal friolento, y pacíficas mazacuatas, otras culebras, nerviosas, y una vieja nauyaca encerrada entre cristales cubiertos de vaho.

—¿Listos?

Él cargó el botiquín y una bota de buen vino zaragozí del Campo de Borja. Yo, el resto de la implementa.

Fuimos subiendo bajo la sombra de los árboles, hasta una cuesta más rala, tierra, tierra de zacate, piedra suelta, cardos verdes y violáceos. Como en cuento medieval un lugar de serpientes. No se veía nube alguna en el cielo. En las ramas de un oyamel, un cuco, lanzando su advertencia. Un promontorio nos impedía ver el pico; los árboles, a doña Cecilia. Reinaba un silencio total, la hermosa paz de la montaña.

—Había muchísimas serpientes la otra vez que vinimos, cuando usted nos dejó por irse a las novilladas. Don Chucho capturó dos; yo otras tantas, una gruesa como mi brazo.

Calló, porque la ascensión le quitaba el aire. Yo le iba a decir que tenía entendido que las serpientes de la montaña eran más chiquitas. Además el ir hurgando entre las piedras y los penachos del zacate era un ejercicio extraordinariamente tenso.

Al sol lo fueron ocultando las nubes, mala cosa, pues las serpientes abandonarían su deambular para refugiarse de la lluvia. Continuamos subiendo, hasta que una pared de piedra nos cerró el paso. El cielo era un amasijo de nubes. Nos atamos, me coloqué unos clavos en las botas y, con ayuda del piolet, subí hasta una especie de terraza. Rodeándola me di cuenta que llevaba a otra cuesta, practicable, que subía al cielo. Bajé hasta donde pude para echarle una mano al doctor con los sacos y su cansada humanidad, que por fin elevé. Nos dimos un buen trago; descansamos y seguimos el camino. Pocos metros más arriba, en un grupo de rocas que, era evidente, se había desgajado de una forma monstruosa de lava sólida que nos miraba, encontramos la primera serpiente, a la que rápidos, inmovilizamos. Luego la guardamos, ya ordeñada, en el saco.

De pronto la cuesta se rompía en una barranca erizada de piedras rojas, una barranca sin árboles, quemada hacía poco, y afiladas las pendientes de cardos que parecían provenir de una película de los años treinta sobre la flora venusina. Bajamos con cuidado. La barranca se perdía tras bruscas vueltas. Al fondo se veía la silueta del Penacho, y, sobre éste, nubes de forzado azul. Brincó al piso con agilidad. Yo lo imité. Aunque en realidad no tenía nada de ágil saltar de arriba abajo: saltar al revés, hasta el borde, sí habría sido, para el doctor tanto como para mí, una sorpresa. Sin embargo, nos miramos, seguros de la próxima caza.

–No crea que me he perdido –dijo. Y señalando hacia el San Gregorio, oculto, añadió–: Para allá está doña Cecilia.

Lo cual, por supuesto, no era cierto. Luego me indicó, como si yo fuera un idiota compulsivo, quietud y silencio. Avanzó seis o siete metros, luego me llamó.

Avanzamos. Yo no veía la tal víbora, pero un momento después don Patrocinio estaba de nuevo de pie, con un gesto de contrariedad. Soplaba un aire que calaba.

–¡Qué diablos! Se fue.

–Al mejor cazador…

–Sí, sí, ya sé, se lo lleva la corriente, ¿no?

–Ahora sí le atinó. ¿Qué le parece si nos fumamos un cigarro?

Asintió, grave. Los fumamos, lo apagamos y guardamos la colilla, para no dejar rastro.

–¿Qué le parece si volvemos? Aquí la encostalada ya debe de tener hambre –le dije, recordando que me había prometido no fumar en la montaña, lugar donde se vuelve un vicio innecesario.

–Claro que no. No sea tan aprensivo. Cecilia sabe cuidarse muy bien sola. Sólo espero –dijo, sonriendo– que no nos abandone. Una vez me olvidó en Córdoba.

Continuamos. Eran las doce del día, pero el cielo, oscuro, se iba poniendo más negro por momentos.

Los pinos retorcidos, los peñascos a lo lejos, envueltos en bruma, se veían poseídos de una fuerza peculiar.

Íbamos caminando por el fondo, callados, cuando oímos un balazo, enseguida nos agazapamos, dos más.

–Tenemos al viento en contra. No nos oirán.

Empezó a llover, unas gototas. Tronó el cielo. Se oyó un estampido.

–Podría ser un cazador…

–Un judicial…

–Un bandolero…

–Un suicida…

–¿Usted cree?

–Una pareja de suicidas…

No oímos nada más. La barranca parecía bajar, hacia la dirección del automóvil, y tras un pequeño argumento al que dimos solución satisfactoria, continuamos. Arreció. Las piedras se veían más pulidas, más musgosas y cubiertas de líquenes. Íbamos llegando al bosque. El aguacero se soltó de veras. Como guerreros agazapados tras los riscos, surgieron nubes negras y planas, aceite renegrido que se deslizó por el cielo, tornasolado por el relámpago.

Vi una saliente, y rogué a don Patrocinio que nos fuéramos a guarecer de la tormenta. La lluvia casi no nos dejaba ver nada, pero llegamos. La saliente tenía una abertura de lava, suficiente para cubrirnos, y allí nos quedamos.

Don Patrocinio se sentó en una piedra y puso a la víbora en el suelo, junto con nuestros arreos. Buscó el vino. Yo me senté en otra, pero resbalé, y, en el piso, vi un papel doblado que no había yo visto antes.

Lo tomé.

–Tal vez sea un mensaje de Padmasambhava –dijo el doctor Greene

–Es posible, aunque no muy probable, ¿no cree?

–Bienhallado, amigo mío, bienhallado… –No me hizo ningún caso. Me oyó como quien oye llover–. A ver, desdóblelo mientras prendo un cerillo. Aquí tengo una mecha.

Y vimos el siguiente poema:

Do el pulque, las barras
do las flores, el oro
de piedra las garras
guardan un tesoro.

Y al reverso:
Escrito en el día de San Gregorio de 1865. El Capitán Brazo de Oro. Rezad por el descanso de su alma.

Levantamos la vista. Naturalmente, aún llovía.

–¡Es increíble! Un papel, doblado así, aquí abandonado por un soldado de la guerra de los Tres Años, o un bandido del camino a Veracruz, que perseguido, dejó aquí esta señal. ¡Es un tesoro de lo que habla! ¡Un tesoro! ¿Puede imaginarlo? Vamos a remover esta cueva, que algo encontraremos.

Nunca había visto al doctor tan raro, tan brillante, hasta que se dio cuenta, mientras estábamos en el afane de "peinar la zona", que había dejado de llover. Un gavilán dio el aviso. Varios gorjeos nos hicieron detenernos.

–Es inútil. En esta cueva no hay nada más. Usted me confiará su hallazgo para que pueda resolverlo con calma.

–Sí, cómo no. ¿Cree usted que no sé resolver enigmas? No se acuerda del Escorpión de Oro, que supimos que había sido el hermano franciscano, ¿eh?

–¿Pero y el de quién había electrocutado a la señora Presidenta Municipal de Novara? El Método Deductivo: he allí mi fuerza. No discutamos, querido amigo. Forzoso es decir que participará en la búsqueda.

A los pocos días me llamó del despacho. Yo estaba leyendo una novela romana de bandidos, y rasurado; quiero decir, alerta. Cuando se tienen amigos como el doctor Greene y doña Cecilia lo mejor que puede uno hacer es estar preparado.

Nos vimos en el Sep's de París de la calle de Michoacán; y por encima del sauerkraut y el para mí incomible chamorro, mi paisano me platicó la historia del capitán, cuyo verdadero nombre había sido Alejandro Otero, pero que por su prodigalidad y sentido del honor era conocido como el capitán Brazo de Oro.

–Este Otero había sido soldado de Zuloaga: pero con el desastre conservador se había hecho asaltante de caminos. En el único camino que ofrecía provecho, el de México a Veracruz, pululaban los brigantes. Tenía una mujer muy inteligente, doña Carmen, que vivía en Puebla y que escondió la fortuna del capitán de marras: viaje tras viaje fue guardando los pesos, los que no se marchitó por el trajín de su dueña. Pero fue Forey el que terminó con sus andanzas, no muy lejos de la cueva donde hallamos el papel, en el camino a Amecameca, colgándolo del pino más alto que encontró, árbol que, como acontece con los que sirven a tan ingrato propósito, se fue secando: retorcido, sobrevive a la orilla del Popo Park. Su mujer supo enseguida de la extrema medida y que la andaban buscando y poco antes del sitio de Puebla huyó disfrazada de arriero, ocultó el oro quién sabe cómo, y subió a la montaña.

"El tesoro se encuentra, si no me equivoco, frente al Ventorrillo, en una especie de antesala de piedra donde los indígenas acostumbraban festejar al volcán el día de san Gregorio; por ello del pulque y las flores: nos falta hallar las garras de piedra, pero confío que hemos de lograrlo. Aliste su coche: mañana salimos en busca del tesoro."

En vano le dije al doctor que me era imposible salir al día siguiente porque tenía yo un examen de Historia de los Estados Unidos. Resopló una respuesta nada amable, que no consigno.

Así que ai' me tienen sus mercedes, a las seis de la mañana, despertándose la cruda urbe de su sueño de hierro, en la esquina de Corregidora, muerto de cansancio.

—Le traje unos lichi, a ver si se le quita esa cara. ¿Se desveló anoche? Me lo suponía.

Nos dieron las siete y veinte cuando llegamos a Tlamacas, a tiempo de querer desayunar, con un alpinista alemán que se había quedado dormido más de la cuenta y que insistió en acompañarnos, pero al que logramos evitar haciendo como si no supiéramos otra cosa más que español.

Empezamos a subir por la floja arenisca gris de la ladera. Dos horas más tarde estábamos muy cerca del Ventorrillo, pero ya no podíamos más. Era nuestro paso adelante, un paso flojo, al que la arena hacía retroceder continuamente, de modo que parecía un absurdo modo, nuestro caminar, de no ir a ninguna parte, contrarios a la velocísima reina de atrás del espejo, que debía moverse rauda para permanecer en el mismo sitio, si no quería que las cosas la rebasaran.

En las piedras frente al Ventorrillo descansamos, comiéndonos un maravilloso chocolate con pan frente a la blanca, refulgente cima del Popocatépetl. Había un viento helado.

—Mire usted. ¿Ve allí, abajito de la nieve, como dos grandes paredes de piedra, y una como entrada? Allí depositan sus ofrendas los naturales cada año al Señor San Gregorio. Y allí debe estar el tesoro. ¡Mire, una tienda de campaña! Présteme los binoculares, a ver si veo a los montañistas.

Luego me los pasó. Vi la tienda al pie del mar blanco e inmóvil, como, otro tópico, una helada marea, detenida. Divisamos al alemán, detrás nuestro, subiendo penosamente, y adelante, dos figuras envueltas en rojos anoraques, que venían bajando después de pasar la noche en el interior del cráter.

–Bueno, terminémonos el chocolate. Continuemos. Nos falta mucho, y esta ladera tiene su dificultad. Pasar el Ventorrillo también. Es roca podrida. Allí se rompió las piernas un gran alpinista venezolano. Adelante.

Me puse unas buenas botas, guardando mis zapatos de lona. Apoyándome en el piolet, empecé a subir al Ventorrillo, que es una pared roja y agrietada, posible labio antiguo del volcán. Es una pared rosa, enhiesta, solferina, negra y blanca, que parece un templo cartaginés luego de que pasaran por encima los dardos, los aviones F –saber qué–, un día de desfile. Ascendimos. Las paredes se veían cada vez más lejanas. Habremos tardado dos horas en llegar a la piedra. El sol calentaba un poco la montaña, pero era el dominio del viento. Nos desviamos, en lugar de hacia el labio inferior, a la derecha y llegamos a la rara puerta del volcán.

Era un lugar inmenso, una especie de foro tallado dentro de la montaña.

–La puerta de la Montaña. Dice una leyenda que de aquí saldrán los caballeros tigre de lava con El Águila Que Desciende encabezándolos, para destruir la iniquidad de los de abajo. ¿No ha leído una crónica de Rafael López sobre cuando los volcanes despierten?

–Doctor Greene, ¿qué es lo que buscamos?

–Busque en las junturas de las rocas dos claras garras de rapaz hechas de piedra. Allí estará el tesoro. Si tenemos suerte y lo hallamos, no lo moveremos sino hasta mañana. Mire, subiremos por aquel otro lado, y dejaremos unos caballos y unas mulas en la linde del bosque. Muy temprano, ahora sí, no como hoy.

Las paredes medían unos doscientos metros de largo, y muchos de alto. Eran la cara más occidental de la montaña. Pensé que ahora sí íbamos a encontrar hartas víboras. Afortunadamente había traído unos gruesos guantes de lona.

El alemán nos alcanzó, pero dobló, dispuesto a subir al hielo, saludándonos, lo que agradecimos, por ser tradición de la montaña.

No encontraba yo nada: así, unas piedras parecían medio

garras, pero también un talismán, o un triángulo equilátero, o un bodhisattva de tosco material, pero apenas insinuado. Y buscando una forma, encontré cientos, hasta que ya no sabía bien a bien lo que veía entre las piedras. Creo que me empezó el mal de montaña. O estaba yo insolado. Me senté, y de repente oí la voz de don Patrocinio:

—¡Aquí están!

Volteé y fui caminando, medio aprisa, esquivando alguna roca que me cerraba el paso. En eso vi lo increíble. Una de las garras de piedra, pues así parecían en verdad, como la extremidad de un poderoso grifo petrificado, había tomado a don Patrocinio y lo arrastraba al interior de la montaña. El pobre hombre había perdido su sombrero, y bajo su roja calva se adivinaba su lívido rostro contraído en una mueca de horror.

Corrí, pero al llegar al lugar del extraño suceso, ni rastro de don Patrocinio. La montaña se había abierto; lo había tragado la tierra: la montaña se había cerrado sobre su presa.

Aterrado intenté en vano mover la piedra un centímetro siquiera. Nada logré. El Socorro Alpino me encontró tirado frente al talud de piedra, avisados por el alemán. Cómo me libré de sus amabilidades —bien que me hicieron tomar un caldo de verduras y un coñac muy reconfortantes— y llegué a México, no es de contarse. Creí que había sido un sueño, en algo parecido al de Rip Van Winkle, porque llevaba ya dos días, inconsciente, en las faldas del volcán; pero en casa del doctor, Eleuteria, la criada, se asombró muchísimo de verme, y doña Cecilia nada sabía de él.

Han pasado varias semanas. Toda pesquisa ha probado ser inútil. Doña Cecilia la tomó a la tremenda, pero se le ha ido pasando, consolada en parte por el hecho que don Patrocinio Greene no murió, sino que tan sólo ha desaparecido, por lo que no sería de sorprender que apareciera, cubierto de polvo, en algún pueblo. Yo, en cambio, tiemblo de pensar que en el centro del volcán, en su caldero de fuego, mi paisano trabaja una eterna noche, apenas alumbrada por los fuegos de adentro, para un duro sucesor de Tezcatlipoca, un azteca loco, milenario, poseído de sueños de venganza, listo para cuando retiemble en sus antros la tierra.

♦ II ♦

Kujira

a Yoshida Hiroshi

No había ni un pájaro en el cielo esa tarde de agosto en que la pasión tokioíta por los festivales, las muchedumbres y los días de guardar lo habían llevado a Tsukishima. Esta isleta era uno de los más antiguos asentamientos de Edo; y había sido sede de pescadores y luego de extranjeros. Hoy volvía a ser lugar de pescadores, a pesar de estar enclavada en medio de poderosos y feos bloques de edificios. Y aquí se celebraba un festival que conmemoraba las bodas sidéreas de una Andrómeda y un Perseo japoneses: pero era también un festival en honor de los muertos. Fueron los tres amigos: Asagaya y Constante vestidos a la occidental y Junko con un kimono de color café; apenas un rosado tallo de bambú rompía el monocromismo. Constante iba un poco nervioso; lo notó al pagar el *entaku* o *takushi* que los llevó hasta el puentecillo. Iba a conocer al abuelo de Junko, un antiguo ballenero. Era un gran honor. Pero Constante era asesor de la delegación mexicana de la International Whaling Commission. México se oponía a la caza, con firmeza. Y ahora, preso en la cortesía, iba a un restaurante en donde las servían.

Vieron la procesión de los palanquines dorados; y escucharon las plegarias de varios sacerdotes budistas: oyeron a un grupo de músicos y fueron visitando los altares decorados con garzas de seda y repletos de sake ofrendado; y los puestos de refrescos de canica, cervezas, o pulpos asados, y los puestos de juguetillos y los acuarios ambulantes, en donde había que atrapar a los peces negros y dorados con redes de papel. Constante fumó varios cigarros y bebió con Asagaya una cerveza. También dibujó. Se iba acercando la hora de ir al restaurante, propiedad de una tía de Junko, la señora Morita. El lugar se había fundado en 1801. Nunca se había quemado seriamente, ni siquiera en 1923; ni cuando los bombardeos.

El lugar estaba en uno de los extremos de la isla: se veían las barcas en la ribera; luego los rascacielos y, más allá, casi perdido, el mar que ya no se divisaba. Ahora los pescadores tenían que ir en su busca, detrás de las grúas y de las fábricas de la inmensa municipalidad. El restaurante era famoso por el *sashimi* de ballena, entre otras delicias. Cruzaron un puente y llegaron a las puertas corredizas y al árbol de buena sombra, sembrado en una larga reverencia.

Entraron; fueron saludados con la extrema cortesía de costumbre. Subieron a un segundo piso y, tras descalzarse, saludaron a los presentes: el abuelo y varias tías de Junko y Asagaya. Más tarde se les uniría una viejecita increíble, doblada en dos hasta recoger la flor de la humildad.

Sobre la mesa estaban ya prendidos los braseros: había dos botellas de sake y una gran caja. A Constante lo sentaron frente al abuelo: una tía, la dueña, sirvió una ronda de sake, y brindaron; y fueron comiendo y platicando. Una tía, la señora Asada, le contó que había conocido a un corridista mexicano, que se llamaba Dono Migueru; y también estuvieron elogiando los espléndidos terrenos de la Embajada mexicana, en Asakasa, cedidos por el Meidyi Tennoo a la nación mexicana en reconocimiento, al establecerse relaciones diplomáticas con México, por ser el primer país en firmar un tratado internacional con Japón sobre la base de la igualdad jurídica de las naciones y el respeto a la soberanía. Bebieron y comieron: y apareció la ballena, en cortes gruesos de *sashimi*, y partes de su piel también trajeron, que iban a ser fritas como chicharrón. Constante ya había estado fingiendo un dolor de estómago toda la mañana, y logró pasar la primera ronda, pretextando que sólo iba a comer arroz. Constante sirvió un poco de sake al anciano señor. Éste tembló levemente, de gusto, mientras se avivaba un poco bebiendo el seco sake que Constante le había servido: Asagaya le sirvió a Constante y luego la señora Morita sirvió a todos. Brindaron y bebieron y el viejo dio comienzo a su narración.

El ronroneo eléctrico de los filtros de las peceras había adormecido a Junko. Le agradaba su abuelo. Pero a veces tenía maneras de hablar que ella consideraba muy "gráficas"; Asagaya era aún más "gráfico". Por eso a veces no los escuchaba. Se quedó mirando los peces que en sus peceras respiraban grandes bocanadas de agua. Un camarón de blanco translúcido y largas antenas, como cubierto de celofán rojo, se tragaba una lombriz de agua puerca, color ladrillo, que se movía entre las piedrecitas de su mundo estanco.

–Ese día –dijo el abuelo–, el mar estaba como de aceite: pero en esa calma, conocimos el engaño del tifón, cuya figura no tardaría en presentarse sobre el horizonte. Nos embarcamos en tres lanchas y remamos hasta donde estaba la ballena a la que el propio mar había arrojado hacia la costa. Esto ocurrió en la prefectura de Niigata, antes de la guerra con China. Cuatro veces intentamos lazarla, sin tener éxito. A la quinta, logramos pasarle una cuerda por debajo de su vientre. Pero es un animal muy grande. Rompió la cuerda así, con gran facilidad.

"Otra lancha, más tardada, llegó a ayudarnos, era la del señor Ota. Decidimos amarrarle la cola a la ballena, pero el animal, aunque varado, era muy poderoso. Esto era muy difícil de conseguir. Por fin nuestra perseverancia dio fruto, pues, entre todas las barcas y todos los hombres, logramos pasarle diez cuerdas, y tirando ora aquí, así, tirando ora allá, pronto la tuvimos presa. La ballena, al sentirse cogida, con gran furia intenta meterse al fondo del agua, pero como había estado medio embarrancada y el agua aquí tenía poca profundidad, se dio tan fuerte golpe contra las rocas que unas medidas de agua se colorearon de rojo de su sangre. Aun así, rompió muchas cuerdas y el timón de una de las barcas. Pero al no tener tanto fondo el mar allí, era imposible que escapase."

Constante tomó la botella y sirvió al viejo y a su nieto, que escuchaba muy serio el relato de su abuelo: una tía vació los ceniceros. El viejo sacó entonces una cajetilla de Camel sin filtro, y ofreció ceremoniosamente un cigarro. Constante aceptó uno, aunque le extrañó ver que fumaba cigarros tan fuertes, siendo que en Japón la gente solía fumar cigarros más amables.

–Una barca del pueblo de al lado, a la que nadie había llamado, vino a ayudarnos, dijeron, a capturar a la ballena. Les dijimos que no los necesitábamos. Pero era cierto que los necesitábamos: más hombres, más cuerdas, más fuerza. Los otros no eran nuestros amigos. No tenían jurisdicción sobre esas aguas. Pero entre todos volvimos a pasarle varios cables alrededor de la cola y, con gran esfuerzo, tirando de ella, fuimos dirigiéndola y arrastrándola hasta que tocó tierra. Al llegar a tierra…

El viejo hizo una pausa dramática. Junko salió de su adormilamiento y se prendió un Mild Seven Ultra Light: también, en ese momento, se encendió la luz.

–… pareció renovarse su furia. Dio dos grandes golpes. Los golpes hicieron que los hombres de las barcas más próximas nos cayéramos. Alguno se cayó al agua, de donde lo sacamos. Pero nadie se ahogó. La ballena, al dar estos golpes, parecía el eco de la tormenta. La ballena se enredó más en los cables, y hubo uno que le entró por la boca, haciéndole mucha sangre. Tres horas estuvimos luchando con la ballena. Desde las rocas, las mujeres y los niños habían estado viendo la caza, comentándola. Dieron un gran grito de alegría al llegar nosotros con el animal. Lanzamos cabos a tierra y los de tierra nos ayudaron a jalar al animal. Todas las cuerdas del pueblo se usaron esa vez.

"La ballena no terminó de morirse sino hasta la madrugada del día siguiente, aunque intentamos ahogarla con sacos de arena. Puestos sobre el surtidor, logró, hasta su último resoplido, aventarlos. Intentamos jalarla más adentro, esa mañana, pero la lluvia, que había comenzado en la hora del ratón, se iba haciendo cada vez más fuerte. Pensamos que el mar nos arrebataría al animal cazado con tanto esfuerzo, pero el tifón apenas nos rozó.

"Salimos esa tarde a ver al animal. Dejó de llover. Intentamos traerla más hacia tierra, pero las cuerdas se rompían. No hubo una cuerda en mi pueblo que no se rompiera, y desde entonces, la gente decía 'el pueblo de las cuerdas rotas'."

Bebieron un poco más: las sombras de la lámpara y del

viejo explicando la hazaña parecían más grandes. Junko estaba absorta en la contemplación de la botella de sake de la ciudad de O.

Era la mejor botella que el viejo hubiera visto nunca; y el sake le pareció casi igual de bueno que el que hacían en su pueblo.

Sirvió esta ronda Asagaya y todos bebieron contentamente. Junko tomó un cracker de arroz. Constante pidió permiso para dibujar. Con timidez. Un poco sonriendo, el viejo asintió.

–La ballena tenía la boca completamente abierta. Hubiera cabido nuestra barca ahí dentro, con todos nosotros. Comenzamos a abrirla. Sacamos mucha carne y muchas tripas. Pero aun así no pudimos moverla. Cuando abrimos su costado, sucedió una cosa increíble. De adentro salió un sonido muy poderoso, como viento que rasgara el mar; duró un buen rato, ese sonido, hasta que se oyó un estampido. Era como si una barca se hubiera quebrado. Pero la noche nos impidió continuar. Era una noche muy oscura. Esa noche sucedió algo aún más increíble. Unos viajantes, o mendigos digo yo, tomaron a la ballena como una piedra muy grande donde refugiarse. Y decidieron encender un poco de leña y comerse su arroz. Encendieron la leña sobre la cabeza de la ballena. Pero la madera prendió tan bien que el animal se prendió también. Durante dos días con sus noches estuvo ardiendo. Los huesos bramaron por el fuego, como si fuesen teas, y, al consumirse su parte de aceite, quedaron secos y porosos. Al día siguiente llovió. ¿Sí fue al día siguiente? Sí, porque el animal, aparte de lo quemado, empezó a oler mal. Sí fue al día siguiente. Pero dimos buenos tajos de hacha…

Junko suspiró. En eso, oyeron pasos rápidos. Apareció la tía, flaquita y sonriente, y detrás una mocilla. Traían más sake y, en cuatro platos, sendas cabezas de pescado, rojas y humeantes y unos tazones de arroz. Los pescados tienen una indiferencia que vive en sus ojos aunque estén ya muertos. El anciano detuvo su relato, tomando los palillos. Todos hicieron lo propio, incluso la tía, que había vuelto con su propia cena. Constante hurgó en el ojo del pescado y, tomando quién sabe cómo un poco de gelatina entre los palillos, dijo:

–Delicioso.

–Está muy buena, verdad –dijo Asagaya.

–Sí, muy buena, muy buena –dijo el abuelo.

La mujer sonrió casi.

–Las branquias también son muy buenas.

–Sí –dijo el abuelo–, pero lo más sabroso de todo es el paladar.

–Sí, el paladar es bueno –dijo la mujer.

Así hablando, cenaron. Cuando terminaron, Constante sirvió una nueva ronda.

El abuelo se estiró un poco. Bebió. Parecía soñoliento. Pero estaba recordando. Y quería recordar las cosas lo más exactamente posible. Recordaba en beneficio de Constante; recordaba para trasmitirle mejor cómo había sido la caza de la ballena y su propia juventud, en un mar olvidado, en un tiempo que se antojaba demasiado lejano. "¿Cuándo fue la guerra con China?", preguntó Constante, en inglés y en un susurro, a Asagaya. "Creo que fue en 1895", le dijo éste. Todos prendieron sus cigarros. El viejo se aclaró la garganta y siguió.

–Apareció entonces abundoso aceite, en la caverna del costado de la bestia. No había suficientes tinajas, ni cajas en el pueblo donde guardarlo. Vinieron muchas mujeres del otro pueblo, y hombres, aunque menos, por aceite. Y había tanto que nadie discutió su derecho a él. Tan gran cantidad ha de haber venido del hígado. Porque no lo hallamos. Aunque también se dice que lo robaron los vecinos. ¡Que les aproveche si es así! De sus ojos también salieron dos surtidores de aceite. Todos quedamos empapados de aceite, tan empapados que, si hubiesen encendido un cigarro, nos hubiésemos encendido todos.

El abuelo se rió de su propio chiste. Los demás se rieron con él.

–El mal olor del animal fue tan fuerte, que en la madrugada decidimos arrastrarlo de nuevo al mar. Con cuatro barcas lo arrastramos de nuevo, dejándolo a merced de las olas. Pero ¡qué carne comimos! El chicharrón de ballena fue muy bueno también, con tanto aceite, tan bueno. Estábamos de veras empapados.

El anciano señaló un objeto a Asagaya, para que lo acercara. Con un poco de trabajo, Asagaya lo llevó a la luz. Entonces vieron que era una vértebra de ballena, muerta hacía sesenta y cuatro años.

—Allí me sentaba junto al fuego, antes, cuando se hacía fuego en las casas y no había estas calefacciones que no hacen ni humo ni ruido ni pueden prender tu casa si se descuida uno. Quisiera ver sus dibujos —le dijo a Constante.

Y se puso a verlos: eran bocetos del festival, y luego, varias veces, la cara del viejo. Éste se estiró hasta una caja, y sacó su piedra de tinta, y su tinta, y unos pinceles; y luego escribió en el cuaderno de Constante un poema antiguo: "No es el adiós como la negra tinta / pero la soledad manchó mi pecho".

Le entregó el cuaderno a Constante, diciendo: "El poema es de Ki no Tsurayuki". Y diciendo esto, quedó como muerto.

—Mucho sake —dijo la tía huesuda, por decir algo. Y la otra: —Apúrense si quieren tomar el último tren. Nos dio mucho gusto verlos.

Al salir fueron caminando hacia el metro. Dijo Wenders, o dice Oshima, que las ciudades adquieren su verdadero carácter cuando llueve. Constante lo había sentido en Yanaka, rodeado de tumbas, mojado el piso, el pasto, los árboles: pero ahora recordó la frase. No la dijo, se fueron en silencio. Esa noche fue muy hermosa.

Sopló luego una brisa fresca que disipó suavemente los sueños.

El problema de los patos

Ye duck and drake, wi' airy wheels.
Robert Burns, *Elegy on Captain Mathew Anderson*

En una noche lluviosa, los patos llegaron a Oxford. La primavera estaba a punto de comenzar: los narcisos estaban en flor, los árboles que allá llaman "chestnut" a punto de florecer también con sus delicados anuncios para los insectos y el sol casi casi aparecía ya sobre el río Isis, dando por terminado el gris período que comienza aquí desde septiembre.

De dónde procedían estos migrantes era algo que tan sólo esos raros y arcaicos seres que se apellidan a sí mismos *naturalistas* saben. Para la mayor parte de los residentes en el Nuffield College, su procedencia era, si no un misterio, sí un hecho desconocido, y un hecho poco importante. Pero permanecía otro hecho, y era que lord Nuffield, en su testamento, había dejado órdenes para construir este colegio, y, en él, un estanque rectangular enmedio del *quad*; y este estanque era un espléndido paraíso para los patos, protegidos por las paredes y la reja, los lirios y los bejucos del lugar.

Otros patos tenían que pelear por un sitio en el cual anidar o descansar, fuera en las márgenes del río o en los otros estanques Por qué constitución o privilegio esta particular familia ánade se había posesionado del estanque de lord Nuffield era otro hecho desconocido más. Con el transcurrir de los años su número se había elevado, y, la mañana siguiente a su descenso, seis hermosos machos gris perla, con cuellos de un verde de terciopelo, y una hembra cafecita ornaban el lugar, destacándose contra la piedra amarilla y negra del colegio, que daba al mismo su particular carácter, sombrío y luminoso, pues estas pulidas piedras de una cantera de los Cotswolds participaban de ambos temperamentos.

Para todos los que vivían en Nuffield, fuera el rector, o el bibliotecario, los investigadores o los alumnos, el mayordomo, el guardia, los jardineros, su llegada era un evento. Un hermoso recuerdo de la gracia del Señor, para unos; para otros motivo de solaz en las grises tardes de estudio; un ruidero para casi todos; más trabajo, creo, para los jardineros. Unos los veían como joyas, otros, como quien ve llover –un acontecimiento neutral que puede o no ser importante, dependiendo de los planes que uno tenga–, unos más los veían como irritantes y emplumadas corrupciones de un pasado reptil. Seis machos y una hembra: ésa era ahora la composición de la familia, en Nuffield.

El problema se suscitó apenas dos días después de su llegada, justo afuera de la escalera "F", con los primeros rayos de lo que parecía iba a ser una hermosa mañana y que se echó a perder –oh, maravillas del clima inglés–, en una tarde tormentosa, con cubetadas de lluvia empapando la ilusión de una brillante primavera, aún.

Las plumas cafés y blancas dispersas sobre los escalones de la entrada contaban la historia: habían intentado violar a la pata. Y, como en una novela de misterio de Agatha Christie, nadie había oído nada. Pero al día siguiente hubo nuevos intentos, y esta vez sí se escuchó fuerte el "cuac" angustiado de la hembra por todo el *quad*, durante un largo tiempo. Los machos, siguiéndola, comenzaron a pelear entre sí, con gran estrépito mientras que la sedosa pata se refugiaba temporalmente en el estanque.

Al día siguiente había sangre en los cuellos y cuerpos de los dos patos más pequeños, sangre de un rojo brillante contra el lustroso verde y blanco, como bandera; y fue esta visión la que terminó de sublevar a Rita, una chava alemana, de la antigua zona de ocupación soviética, quien era una beligerante feminista, una de esas mujeres que no se ruborizarían ni tantito aunque las agarraran proponiendo el aborto como tema de plática en un kindergarten. Fue su culpa que la discusión comenzase durante el almuerzo.

–Pero, por favor –dijo el aburrido Clive de Derby–, yo he visto patos "haciéndoselo" a patos de otras especies, incluso a cisnes jóvenes. Los patos son así, lujuriosos...

Clive, el aburrido chico de Derby, fue interrumpido. Debo decir que estaba acostumbrado.

—Estarás de acuerdo en que es intolerable, y desagradable también —dijo Rita.

—Aun así se sabe que los patos son así —dijo un flemático irlandés.

—Pero si la naturaleza en sí está cambiando, un cambio que nosotros introduzcamos no será nada. Pero si no, no deberíamos intervenir, creo yo… —dijo el aburrido Clive de Derby.

—Ése no es el punto —gritó Rita.

—¿Qué?, ¿o de qué?, o sea, ¿de qué hablan? —dijo James, quien se creía el más aristócrata de todos y que sólo hablaba en preguntas o citando a un poeta del siglo XVI, creo, Herrick.

—Algo que bien podrías haber dicho. La naturaleza ha estado cambiando desde siempre, y los seres humanos no hemos hecho otra cosa sino acelerar estos cambios y transformarla con miras a nuestro beneficio —dijo Dominic, un muchacho de Glasgow. Intentó agregar algo más, pero de todos los puntos de la mesa rectangular del sombrío comedor nuffieldiano más gente se sumó a la discusión, hasta que nadie parecía poder hacerse oír. Rita, en un susurro, dicho como quien no ha de admitir réplica alguna, murmuró:

—¡Hay que detenerlos!

Nadie supo si a los patos o nuestros fogosos ánimos.

—Podríamos disecarlos.

—No, protejamos a la hembra...

—Sería mejor dejarlos por la paz...

—Pero... ¡la van a matar!

—Ni siquiera los patos hacen eso. Además, su intención, se los aseguro, no es matarla —dije yo, tan sólo para enfrentarme a ese silencio que sigue a una frase desafortunada, silencio que conozco demasiado bien.

De pronto todos parecieron darse cuenta que el almuerzo ya duraba demasiado, de modo que nos fuimos levantando, tomando nuestras tazas de té dirigiéndonos todos, como una ordenada bandada ánade, a leer los periódicos. Esa tarde, y la mañana que siguió, nuevos ruidos, nuevas plumas, nueva sangre: cada uno de nosotros decidióse, mientras, a pelear.

Alrededor nuestro todo seguía siendo más o menos como era desde que yo tengo uso de razón: la gente trabajaba, o daba una limosna; algunos eran odiosos y bellos, otros carentes de sentido; los patos limpiaban sus plumas, cantidad de cosas se hacían o transformaban o se enlazaban; un fraile rezaba devotamente en Blackfriars, un espía novel leía documentos acerca de las fronteras ruso-polacas en All Souls, mientras que los concejales se dedicaban a abrir coladeras y a tapar calles, otros comían, o fumaban, o pensaban, en el aburrimiento de una oficina corporativa en el segundo tiempo de un partido que no estaban viendo; algunos se apresuraban a casa, otros se dedicaban a la bohemia con algún pretexto, que nunca sobran. En fin: lo que quiero decir es que a nadie le importaba un comino la vida sexual de los ánades, excepto, para mi sorpresa, a nosotros.

Al paso de los días la cuestión se había anudado gordianamente en un amasijo imposible de romper, una pregunta que revelaba nuestros prejuicios más arraigados y nos hacía revolvernos en contra de nuestras amadas opiniones, moviéndonos el tapete, por así decir, obligándonos a precisar qué era lo que considerábamos bueno y qué malo.

No eran tan sólo dos los mundos que aquí chocaban –el de los "mallards", que así se llaman estos patos, y el de los humanos–, sino una infinidad más. El choque era entre muchas formas distintas de razonar y de sentir; y, como los estudiantes de Nuffield proceden de casi cualquier rincón de la Tierra, y de muy distintas tradiciones, no era sino normal que nos enfrascásemos en esta batalla, que, por cierto, si se volvió tan apasionada y feroz fue porque tenía mucho que ver con algo que deseamos y que nos empavorece demasiado: el sexo.

Tengo para mí que si el mundo fuera un lugar un poco más ordenado, vaya, si siquiera fuera un lugar más lento, este pleito no se hubiese presentado. Pero en nuestro mundo avorazado, despepitador de imágenes, para aquellos que querían destruir el pasado creyendo que de este modo se liberarían, para éstos, el problema de los patos era una ocasión que ni pintada para hacer prevalecer sus puntos de vista, errados, como creo, sobre los de todos los demás, y hacer avanzar, así, aunque sea una legua, sus necedades.

La noche del 15 de abril, en el cuarto común, Rita explotó de nuevo. Esta vez la apoyaron dos amigos míos, gays, que no retrocederían porque suponían que éste era el momento para hacer ver a la gente del colegio que la moralidad estaba cambiando, amén de que querían demostrar algo más, que ya he olvidado. Otra estudiante, una criolla de cabellos rubios, dijo, como si recitara un mantra:

—Su comportamiento es una desgracia.

—Exacto. Hemos de proteger a la pata, o, si no, ver cómo le hacemos para deshacernos de los machos.

Ninguno de nosotros sabía entonces que los profesores ya habían discutido, en años anteriores, acerca de la conveniencia o no de tener patos en el colegio. Ni sabíamos que había "fellows" que odiaban tanto a los plumíferos que habían incluso sugerido destruir los huevos y el nido, de modo que nunca volviesen de las lejanías en donde acostumbraran pasar el invierno. Querían destruirlos como si fuese una horrible comida tártara en la cual sucediese aquello de "of Eastern kings, who, to secure their reign, must have their brothers, sons, and kindred slain". La propuesta del profesorado, entonces, no había encontrado demasiada oposición, pero, por una u otra razón, no se había llevado a cabo, y aquel año catorce patitos habían nacido en Nuffield. Unos crecieron: otros murieron (envenenados sin duda por el mayordomo, por quién más). Los sobrevivientes tenían grabado en su instinto, como un sello, la dirección de Nuffield y ahora, primavera al fin, estaban de regreso, queriendo todos, perdón, cogerse a la pata, y molestando, de paso, a las feministas del colegio, fueran éstas hombres o mujeres. De hecho el colegio entero comenzaba a resentir el mal humor que parecía surgir del estanque. No es que Nuffield fuera, como sí son Brasenose o Hartford, un colegio alegre y brillante, pero aún más sombrío se me hacía, almuerzo tras almuerzo. Y este sentimiento se iba acumulando. Mala cosa es, solía decir el doctor Greene, cuando se juntan el hambre y las ganas de comer.

De hecho, podía sentirse cómo todos nos íbamos separando en dos campos, uno frente al otro. De un lado aquellos que deseaban dejar a los patos en paz; del otro los que querían que se hiciese "algo" para detener su horrible comportamiento.

Los que deseaban dejarlos por la paz eran muy diferentes entre sí: estaban el aburrido Clive de Derby, el gran Addison –"gran" por su destreza en el cricket–, dos mexicanos que parecían no entender cuál era el problema, todos los irlandeses del colegio y una chava, muy guapa, que era tal vez la persona más sensible a la belleza de las aves, habiendo crecido en una hermosa casa de campo en Cornualles. De hecho, ella era la única persona en Nuffield que sabía acerca de las aves, preocupados como estábamos todos los demás por teorías políticas y de sociología.

En el otro campo Rita era, por supuesto, la líder. Podía ser una buena compañera, pero era demasiado obsesiva; o, como se dice aquí en México, "tiquis-miquis", una palabra castellana que viene del latín; no lo parece, pero expresa muy bien esa atención enferma al mínimo detalle. Mis dos amigos gays estaban con ella. De hecho creían que todo el asunto no era sino una vergonzosa muestra del chauvinismo machista imperante en la sociedad inglesa; y creo que, secretamente, confiaban en que todos los patos se harían gays si tan sólo se les librase de la perniciosa influencia de la pata, único factor que explicaría su intolerable comportamiento heterosexual. Tres daneses muy matados apoyaban a Rita, lo mismo que una mujer china que creo que pensaba volverse, no sé cómo se dice, ¿"sacerdotisa"? anglicana. A todo esto nuevas discusiones propaladas por el hecho de que los patos parecían estarse luciendo.

Jane, una mujer irlandesa, siempre sonriente, que limpiaba nuestros cuartos, se dijo, un mediodía, oyéndonos gritarnos: "¡Qué vergüenza! Pensar que esta gente tan inteligente se dedica a pensar estas tonterías. ¿O seré yo la tonta? Porque no veo en qué les afecta. Estoy segura que hay cosas más importantes en el mundo que unos patos". A su recuerdo vino la imagen del pato asado que su muy llorada madre preparaba en ocasiones especiales. Se enjugó una lágrima, y luego se dijo a sí misma: "No debo juzgarlos tan severamente. Dios me perdone".

Por fin se decidió cómo habría de resolverse "el problema". Se haría de una manera muy inglesa. La idea la tuvo Kochi, un estudiante japonés muy guapo y muy entusiasta. Y, como a final de cuentas fue su idea, él quedó encargado de organizar la votación, un referéndum acerca de qué debía hacerse, si es que acaso debía hacerse algo. Un ejercicio democrático no nos caería mal, después de todo. Su primer paso fue enviarnos a todos un e-mail, en el cual nos proponía formalmente el asunto. El universo de los votantes se restringiría a los alumnos que viviesen en Nuffield, únicamente. Su siguiente correo, dos horas después, ponía a nuestra consideración la frase que había pensado para que votásemos a favor o en contra. Aquí empezaron los problemas, porque a muchos no les gustó la tal frase, y comenzaron a proponer otras. Y, de pronto, como a las nueve de la noche un correo desató el caos. Era de Octavio, un argentino que se creía la divina garza. Decía, simplemente: "Voy a vender mi voto al mejor postor, por ejemplo, a quien me ofrezca quinientas monedas de chocolate". Octavio era un poco estúpido, aunque debo decir que yo le tenía un poco de lástima porque su mejor amigo había muerto en las Malvinas y él estaba obligado a estudiar en Inglaterra. A lo mejor hasta me gustaba, un poco.

No bien habíase desenrollado en la pantalla su correo electrónico cuando más de quince reacciones se atropellaron confusamente en nuestra redecita. Algunos comentaban las propuestas de Kochi; casi todos insultaban a Octavio; Rita, en particular, se vio mal. Luego vino un e-mail de uno de los mexicanos, protestando porque la discusión se hiciese en la red, pues él era neo-luddita, y consideraba un acto injusto el que se le obligase a encender una computadora para saber lo que los demás estaban pensando. Pero es que ya nadie se hablaba. Eso sí, todos parecían tener ganas de escribir. Y así, al rollo de tantos papiros virtuales, se fueron sumando apéndices, codas, apostillas. Uno de los más interesantes era un ensayo de uno de los daneses, que estudiaba teoría de juegos, y que pretendía que nuestro comportamiento electoral era fácilmente predecible dadas ciertas condiciones y utilizando ciertas ecuaciones que ponía a nuestra disposición.

Kochi logró conservar la calma. Admiré mucho su paciencia, y su sentido común. De hecho logró pensar en una pregunta con la cual todos estuvimos de acuerdo, y de hecho, votamos primero para saber si esa pregunta se quedaba o no.

Por fin llegó el día de la elección. Salió el sol. Clive, el aburrido muchacho de Derby, trajo vino que había comprado en Francia en las vacaciones, y una urna salida de un legendario jardín victoriano. Y votamos. Yo voté para que dejaran a los patos en paz. Creo que ésta es una ocasión tan buena como cualquier otra para presentarme. Mi nombre es Inés, y soy mitad inglesa y mitad española, lo cual es una cruz. Si no me creen, piensen en estas tres palabras: Catalina, la Armada, Trafalgar. El resultado es que nunca sé si voy a favor o en contra de mis propias tradiciones: casi siempre me pasa. Tal vez por eso, aunque iba a ser monja, me decidí finalmente por estudiar derecho internacional en Inglaterra, contra los deseos de mi madre. Un amigo suyo, lord Akimbo, me ayudó a conseguir la beca.

El caso es que la votación fue un rotundo éxito para aquellos que propugnábamos la política de "manos fuera" del conflicto ánade. Dieciséis a once. Los del partido ganador fuimos ruidosamente a beber a The Turf, mi pub favorito de Oxford. Los perdedores fueron a un pequeño restaurante libanés: uno de mis amigos quería ligarse al mesero de ojos almendrados. Luego el asunto se fue aquietando.

Estoy sentada en mi cuarto: tomo té y veo a los patos, dormidos sobre una sola de sus patas. Hay uno que es el centinela, y avisa si algo pasa, ostentándose naranja y verde, emblasonado con su propia heráldica. De la heráldica de Nuffield mejor ni hablo; no sé por qué al difunto lord le gustaron unos castores verdes. Eso es, sin embargo, otra historia. Ha pasado ya la temporada de celo de los ánades; de hecho ha transcurrido ya suficiente tiempo para que en el estanque rectangular naden tres hermosos patitos manchados. Las presiones del trimestre se han ido acumulando. Ya nadie parece acordarse de nuestra batalla por los patos.

Hay esta estupenda tradición en el colegio de All Souls: cada cien años, los profesores deben disfrazarse de patos, y graznar y chiflar y dar de "cuacs" en los techos de esta noble y seria institución. Pasean además un ánade en un palo, muerto me imagino, me dice el doctor Greene, que es amigo de mi padre, por el hermoso *quad*, bajo el gran reloj italiano. Este año toca. Ésa es la buena noticia: la mala es que mi padre es uno de los "fellows", y sufre, no tan sólo de una aguda timidez, sino de un terror pánico, no sólo al ridículo, sino, más grave, a las alturas.

La iglesia de los pelícanos

A los miembros del club Chesterton

Pie Pelicane, Jesu Domine
Me immundum munda tuo sanguine,
Cujus una stilla salvum facere
Totum mundum quit ab omni scelere.
Santo Tomás de Aquino, Himno *Adoro te*

El día en que cambió su vida fue al siguiente de aquél en que le anunciaron que habían encontrado a su padre, muerto, en brazos de su joven amante, en Chicxulub. Aunque era de esperarse, la noticia lo tomó desprevenido. Tuvo que darle, entrecortada la voz, la noticia a la abuela, y aguantarla todo el camino desde Itzimná hasta el sitio donde yacía su padre, porque la abuela siempre lo había odiado, con ese feroz enojo del que se siente o se sabe mejor y no puede hacer nada frente a la irrupción de los vulgares. En este caso su yerno.

Tal vez está mal decirlo pero la abuela iba feliz y satisfecha como si Dios hubiese hecho por fin caso a una plegaria repetida, desesperada. Vladimiro iba triste en el carro; aunque él y su padre fueran tan distintos, pues seguía siendo su papá.

Se había casado con Mariquita, la madre de Vladimiro, para destruirla, creía la abuela; ella, blanca, jovencita y talentosa ("podría haber llegado a estrella del Bolshoi; Alicia Alonso ya se había fijado en ella", solía decir); él un tal por cual, rico sí, pero que no era de "la casta divina" sino hijo de un boxeador metido a militar, moreno y priísta para más señas, "de las turbas que destruyeron Catedral en 1915", como decían tanto la abuela como la enciclopedia. De modo que la abuela iba contenta en el camino a Chicxulub, sin poder, ni querer, disimular su felicidad. Porque así somos los hombres: si hay algo que nos gusta es corroborar lo que ya sabemos, o lo que nuestros prejuicios nos permiten intuir; y la abuela sabía que el padre de Vladimiro iba a acabar mal; y allí estaba, muerto y desnudo y acompañado en la muerte por otro ser humano en su gran recámara minimalista y chocante. Vladimiro tuvo que pedirle a la abuela que callara.

El acta de defunción la firmó el doctor Laroche, el vecino, que no malquería a su padre aunque respetaba siempre lo que la abuela dijera. Vladimiro tuvo que vestir a su padre: la caja llegó poco después: la había pedido el mozo, Adolfo: también había hablado a los periódicos para poner las esquelas. Metieron al muerto en su ataúd, y luego la fúnebre caravana se encaminó a Mérida.

Vladimiro la dejó en la casa, recibió el pésame de la servidumbre (Felipe el mozo y Natalia la cocinera); luego, al ocultarse el sol, la abuela se fue a misa, y Vladimiro se supo huérfano y rico: más tarde llegó el cuerpo de su padre y, mientras lo velaban en el patio, se emborrachó con Felipe. Tempranito, cuando la abuela se encargó del responso, se fue a comer algo. Luego se duchó y atendió a los empleados de las pompas fúnebres.

El sordo pánico de la muerte se aferró a él hasta el entierro.

Había menos gente de lo que hubiera esperado; y no es que su padre no hubiera tenido amigos; había tenido, de hecho, demasiados. Pero las circunstancias de su muerte habían alejado a muchos de ellos; de modo que pocos deudos se reunieron a darle el último adiós. Vladimiro se entristeció aún más. Lo curioso fue que la abuela estaba indignada: "A tantos que les dio de comer y para vivir y no tienen ahora la decencia de venir a su entierro". Porque, como explicó luego a sus fieles amigas usando una de las frases que más decía, "una cosa es una cosa, y otra cosa es otra cosa".

Quien predicó en el funeral, y alivió su conciencia, fue don Tanis. El padre Estanislao Cantón (su familia había sido propietaria de mecates y mecates de henequén y de muchas tareas y mucha gente) era como un cura de Ars yucateco: un santo, sencillo y bueno. Había sido el confesor del padre de Vladimiro. No sabía que su padre, dueño de cantinas y de discotecas, se preocupara en algún momento de su vida por la salvación de su propia alma: de hecho se burlaba cada vez que podía de la jerarquía y de los fieles y de las devociones; pero, en secreto, había ayudado mucho a don Tanis a sostener un dispensario.

Don Tanis había llegado de Roma a finales de los años cincuenta: su primera misa de difunto la había oficiado al estrellarse Pedro Infante, y ahora, con noventa años a cuestas, parecía tan suave y transparente como un niño. De joven había sido un poco alocado y poco faltó para que lo suspendieran *in divinis*; pero el gran aliento del Concilio Vaticano lo serenó; y, teniendo ya su alma bien dispuesta, se distinguió en el confesionario de su pobre barriada, al sur de la capital; luego lo hicieron párroco de la Ermita de Santa Isabel, que era también llamada de Nuestra Señora del Buen Viaje, un lugar muy hermoso, a las afueras, donde antaño iban a encomendarse a Dios los viajeros que sabían de la ciudad blanca. De aquí partía el camino real para Campeche.

Él sabía que no estaba allí para dictar condena a nadie sino para maravillarse ante los hechos de Dios. Había resuelto en sí mismo el problema del mal; no es que no existiera, pero el padre Tanis sabía que Cristo no había venido a discursear acerca del mal y del sufrimiento, sino a encarnarse como hombre y sufrirlo Él mismo. Siempre repetía que uno estaba aquí en el mundo para ganarse a Dios; y que no importaba la enormidad de los crímenes del pecador, sino su sincero arrepentimiento promovido misteriosamente por la grande llama de ternura para cada uno de nosotros, que flota en el gran océano de misericordia que es Nuestro Señor.

Vladimiro halló consuelo en las palabras de don Tanis, y quedó, en cierto sentido, prendado del humilde sacerdote. Él conocía otro tipo de presbíteros, amigos de su abuela; hombres cultos y refinados, también muy devotos, y sin duda buenos; pero éste parecía de verdad un santo, y así se lo dijo.

—Igual que tu padre —le contestó don Tanis—, siempre guaseando. Pero dime, ¿y qué vas a hacer ahora con tantísimo dinero? —le preguntó, sentándose enseguida en una sillita de palo que se había traído y que había puesto bajo la fresca sombra de una ceiba.

—No lo sé —contestó Vladimiro, de pie.

—Bueno —le dijo don Tanis—, si un día te aburre tener tanto y quieres hacer algo de veras bueno, ven a verme, allá a la Ermita. Porque mucho dinero es para terminar marchito y asendereado.

Le parecieron extrañas las palabras, pero le dijo:

—Gracias, padre —y le besó la mano, él, que nunca le había besado la mano a nadie. Le pidió confesarse con él; el padre abrió su maletín, y sacó su morada estola: los últimos deudos ya habían salido del camposanto, con ese alivio que es saber que no va uno a morar allí, no todavía. Y Vladimiro se confesó allí mismo, y, por primera vez en su vida, sintió que Cristo resucitado lo miraba con amor, excelso detrás de la figura del viejecito.

Como a los seis meses vinieron los días de muertos, que yo creo que con Navidad es la fiesta que más se celebra en Yucatán. Y Vladimiro se acordó del humilde sacerdote, y se resolvió a ir a verlo. Lo encontró comiéndose un marquesote con chocolate; al lado había una fuente con restos de mucbipollo que le habían llevado.

"¿Qué origen tiene la creencia de que los muertos se alimentan de mucbipollo en Yucatán?", se había preguntado Vladimiro muchas veces, y así inició su plática con el padre. Don Tanis le respondió: "Es pollo enterrado. Por eso se come en estas fiestas, porque, como los difuntos, regresa; sale de la tierra donde se halla y se presenta en la mesa".

—¿Y usted cree en eso, padre?

—Pues no sé, hijo, pero eso es lo que cree la gente. ¿No gustas uno de estos marquesotes? Están morrocotudamente…

Vladimiro aceptó con alegría, sonriéndose por dentro del uso de esta palabra que él creía que ya nadie profería.

Se estuvieron platicando, de lo divino y de lo humano, como se decía antes, y Vladimiro se halló platicándole al padre como casi nunca había hablado con un amigo, y contándole lo que pensaba acerca de su profesión y de sus sentimientos.

Vladimiro era arquitecto. Había estudiado en Oxford. No en la mera universidad sino en un politécnico de allá; y, aunque su padre había pagado íntegros sus estudios, poco faltó para que no trajera título de Inglaterra. Resultó ser que tenía ideas muy firmes y su tutor en la facultad también, sólo que eran contrarias. A necio, necio y medio. Vladimiro, como el príncipe de Gales, añoraba la arquitectura anterior a la Gran Guerra. A su tutor, en cambio, no le interesaba nada anterior a 1950; quería que el muchacho yucateco hiciera su tesis sobre un oscuro arquitecto galés; Vladimiro, en cambio, deseaba hacer su tesis sobre la traza de Mérida bajo Lucas de Gálvez. Al final se tituló gracias a que había participado con otro mexicano, un huache, en un proyecto sobre las minas y las fábricas inglesas de Pachuca.

Le platicó al padre del horror que siempre le había inspirado la arquitectura moderna, fueran bloques de concreto o calderos de metales apelmazados, y cómo con mayor fuerza sentía esto en las iglesias; fueran ya del teórico de los grandes anteojos de búho o del exilado en Nueva York, o del elegante chino parisién o el tropical británico, no podía apreciar esta arquitectura titánica, y esos atrios que no son atrios, y esos techos que hacen parecer a las iglesias platillos voladores.

—Lo peor es que no hay lugar para que se sienten los pobres —le dijo don Tanis—. Los arquitectos, si van a diseñar una iglesia, debían pensar que va a haber gente que va a ir a pedir su limosna.

—Tiene razón, padre; son iglesias que invitan poco a orar, a recogerse. Yo siempre he admirado mucho a Gaudí, y, guardada la debida distancia, al artesano que levantó la catedral de San Miguel el Grande de Allende, que no sé si la conoce.

El padre nunca había estado en Guanajuato; en realidad sabía muy poco de Gaudí.

—La Sagrada Familia, en Barcelona, fue una obra hecha por artesanos, familias y un arquitecto que se redujo a la miseria. Yo creo que es la última obra medieval. Gaudí escogió como tema la sencilla familia de Jesús, José y María. Allí puso toda su vida, en piedra puso su devoción. Gaudí intentó hacer una arquitectura cristiana en la que se viera de golpe toda la simbología de la religión.

"Este templo, además –continuó el muchacho, abriendo un libro que había ido a buscar curiosamente esa misma mañana–, nos ofrece un camino a todos los que no terminamos de entender cierta modernidad en las iglesias que les da un aire de ballenas encalladas o naves venidas de otros mundos. Mire, don Tanis, Maragall aquí escribe que el templo es un artículo de principios del siglo pasado, 'se me apareció como siempre, como a tantos, como una gran ruina... y, sabiendo que aquella ruina es un nacimiento, me redime de la tristeza de todas las ruinas; y ya desde que conozco esta construcción que parece una destrucción, todas las destrucciones pueden parecerme construcciones... ¿y qué otra cosa es un templo sino un lugar en el que todo se llena de sentido, desde las piedras y el fuego, hasta el pan, el vino y las palabras?' Queda nuestro templo, en torno al cual, escribió Cirlot, 'hay algo así como una vaga presencia de leones'."

–El león es emblema de la Resurrección y del Cristo resucitado porque se creyó durante muchos siglos que la leona, al aliviarse, paría a sus leoncillos como muertos y que, al tercer día, el padre les resucitaba con su aliento; Cristo, *Leonio et Agni*.

Vladimiro creyó haber encontrado su vocación esa tarde bochornídea, como decía la abuela: iba a levantar una iglesia en Yucatán que rivalizara con todos los templos modernos. Su abuela se entusiasmó. Vladimiro se fue a México, a buscar libros; de Gaudí, y de arte sacro, y de arquitectura medieval: el Malé, el Fulcanelli, el Charbonneau-Lassay, el Plá: todo lo halló ya fuera en Coyoacán o en Clavería.

Pelayo, a quien había conocido por un amigo de la abuela llamado Patrocinio Greene (se suponía que la había pretendido allá en los lejanos años treinta), le recomendó que fuera a Nueva York a ver una iglesia anglicana llamada Saint John the Divine.

–Yo estuve allá un día de san Antonio, y fue una experiencia increíble. Habían llevado a bendecir, no sólo perros y gatos, pericos y palomas, iguanas y cocodrilos, burros y caballos, hámsteres y conejos, sino halcones, llamas, serpientes pitón, una elefanta con su cría, unos tigrillos, y hasta un pingüino. Yo no sé cómo no se armó la de Dios es grande. Pero los padres de allá iban bendiciendo a todos los animales y a sus dueños; y luego uno habló muy extensamente acerca del budismo…

–¿Del qué?

–Del budismo y la compasión por todos los seres vivos. Es que es una iglesia muy curiosa. Ya la conocerás, si vas… Está en la 110, del lado oeste, antes de Columbia.

–Pero, ¿qué tiene que ver el budismo?

–No mucho; en realidad más bien nada, pero ya sabes cómo es, cómo son las cosas.

Vladimiro decidió llevarse a don Tanis y al maestro de obras. Pero para su decepción el párroco no quiso ir. "Tengo muchos deberes, Vladimiro." Entonces se llevó a su abuela y al maestro de obras. "Usted y yo, abuela, vamos a ir diario a ver museos." "Usted y yo, le dijo al maestro, vamos a ir diario a ver esa iglesia."

Saint John le pareció casi bien, casi hermosa, casi cristiana. Era casi lo que él quería hacer. Pero no exactamente. En primer lugar no era católica, sino interdenominacional, o algo así; Cristo no estaba allí; o él no lo había sentido. Recordó que a don Tanis no le agradaban esas palabras: "aunque no lo sientas, está aquí", solía decir. "No hay que confundir una emoción con una certeza, Vladimiro." Había un rincón de los poetas, otro como de ángeles, y esculturas de muy mal gusto, como delirantes, con soles que sacaban la lengua mientras montaban en un cangrejo, y proyectos para un estadio subterráneo de hockey y otras lindezas.

Se sintió tan escandalizado, o casi, como la abuela. Vladimiro sabía que estaban de acuerdo; y esto no le agradó demasiado: el maestro de obras estaba impresionado, pero por otras cosas: dentro de Saint John, por las cartas de los presos pegadas en la pared para que uno tomara una y se dedicara a confortar a alguno; y por el gran amonita, un fósil inmenso colocado en uno de los altares laterales; y fuera por el hecho de que todo mundo supiera que era mexicano y le hablaran en inglés primero y en español después. "¿Pues cómo es posible que me reconozcan si aquí hay gente de todo el mundo? No entiendo."

Cerca de La Ceiba, sobre la carretera a Progreso, un empresario había levantado un parque de diversiones que fracasó, y se fue desmoronando y cayendo, y Vladimiro compró no muy caro el terreno por lo mismo; había que hacer una gran inversión para desmontar las ruinas de metal, de hule y de plástico. Pero se fue haciendo.

El templo iba a estar dedicado al Señor de la Creación, y a san Francisco de Asís.[1] Iba a tener todas las características de las iglesias antiguas de Yucatán: un gran atrio y una hermosa espadaña. Como Izamal, sería blanco y amarillo. Regido por los franciscanos iba a ser una iglesia en la cual estuviesen presentes todos los animales que representaban a Cristo. Quién sabe quién era el que estaba más entusiasmado con el proyecto: si el padre Tanis, o Vladimiro, o el maestro de obras, o la abuela.

"Lo primero es el Cordero", sentenció el maestro de obras.

—Tiene razón, maestro, que entre los emblemas de Cristo, el más importante es el del Cordero degollado, el símbolo de la Eucaristía y del amor de Dios por nosotros. Y el ciervo —leyeron don Tanis y Vladimiro— es emblema de los Apóstoles y, por su sed ardiente, emblema del alma cristiana, pues Cristo es la fuente de agua viva, y quien beba de Él no tendrá sed como dijo a la samaritana sentado en el brocal del pozo de Siquem. El gamo, enemigo de la serpiente, es símbolo de Cristo según Charbonneau-Lassay en su inmenso libro sobre el simbolismo animal.

Y pensaron que levantarían un altar a san Pedro, y en él, convenientemente, habría un gallo; y otro a san Columbano, y en él habría un unicornio, emblema de la pureza de Cristo;

---

[1] Tomás de Celano, *Vida Primera*: "¿Quién podría expresar aquel extraordinario afecto que lo arrastraba en todo lo que es de Dios?"

y un altar a san Felipe de Jesús y en él habría tallado un fénix, símbolo de la resurrección; y un altar a santa Rosa de Lima, y en él habría un halcón; y un altar por los nuevos santos mexicanos, y su símbolo sería un delfín, emblema de la fidelidad a Cristo; y un altar a santa María Magdalena, cuajado de golondrinas, símbolos de la esperanza y del pecador arrepentido; y en la portada del templo habría un cordero.

El pez serviría como símbolo general de la iglesia, para los mosaicos y las balaustradas que habrían de unir los distintos altares y las columnas; la paloma, emblema del Espíritu Santo, sería para la cúpula grande sobre el altar. Y en el Sagrario habría un pelícano picándose el pecho para dar de beber su propia sangre a sus polluelos; el pelícano, "emblema del Cristo purificador, símbolo del Autor de nuestra vivificación y emblema eucarístico". En el mismo libro francés hallaron estos versos: "Dex est le pelican, qui por noa treist peine et ahan…"

No olvidarían ni siquiera al gusano que, aunque es uno de los animales visibles más ínfimos del mundo natural, sin embargo, san Francisco "también ardía en vehemente amor por los gusanillos, porque había leído que se dijo del Salvador: 'Yo soy gusano y no hombre' (Salmo 21). Y por esto los recogía del camino y los colocaba en lugar seguro para que no los aplastasen con sus pies los transeúntes" dice Tomás de Celano. Y del gusano es simple pasar a la mariposa, símbolo del alma.

Pero pronto comenzaron a agolparse los problemas. La Curia, por alguna razón que Vladimiro no alcanzaba a colegir, no vio con tan buenos ojos el proyecto. El gobernador del estado, un facineroso, hizo que se cancelaran varias veces los permisos; luego en un camión de materiales encontraron droga "plantada" también por este político marrullero; luego los peones de la obra hicieron una huelga; Vladimiro comenzó a ponerse malo, de diabetes, por los disgustos; no podía aguantar mucho porque las cuentas se iban complicando; y del templo no se veía nada sino una de las torres, y un artista francés que contrató para hacer las tallas le trajo, a cambio de mucha plata, unos adefesios que no hubieran servido ni para el demolido parque de diversiones; mucho menos para servir al Templo del Señor de la Creación, al que la gente llamaba ya "la iglesia de los pelícanos".

Fueron viendo que otros animales también tenían que estar representados: las abejas, pues como escribe san Francisco de Sales, es miel la palabra de Jesús, y la asteria, el pulpo y la alondra, el ruiseñor y el toro alado de san Marcos, y el maquech, sin duda, como símbolo de inmortalidad, pues es sabido que pueden vivir años sin comer, o así se dice.

Pasada la Navidad, don Tanis se murió. El mismo Vladimiro lo fue a encontrar, apoyado de rodillas contra una vieja ceiba en donde había puesto una cruz: y su cara era de una infinita paz. Su entierro fue muy concurrido. Vladimiro sintió como si hubieran roto su fundamento; y, en parte tal vez por repararlo, se casó con una muchacha libanesa, que le estuvo insistiendo mucho, y que después le insistiría que en la iglesia nueva debían poner a san Charbel.

Y luego empezó el runrún de la independencia. Vladimiro descuidó las obras porque, entre su diabetes, y la casa, y la abuela que se quejaba de las costumbres "de los árabes", y el embarazo de su mujer, no podía concentrarse en lo único que le importaba, como me platicó la abuela.

Y ocurrió que un día, cerca ya de que nacieran sus hijos, como que perdió la vista, y el equilibrio, y pasó que se cayó de un andamio, y se rompió la cabeza y la cadera y varias costillas. Y se lo llevaron a Houston a operarlo, pero no quedó bien. Se murió a los pocos días de su regreso en su casa grande de Itzimná, donde todavía tenían ventiladores de aspas porque a él nunca le gustó "el aire", razón de otro pleito, esta vez con las dos mujeres de la casa; su mujer porque sentía, desde niña, que le daba "el sofoco" y la abuela, a la que nunca le había importado el clima sino para comentar que qué fresca estaba la brisa o que el día de ayer había sido bochornídeo, porque sus amigas ricas pudieran pensar que en su casa no había dinero para comprar los suntuosos "climas".

La abuela, cuando nacieron los gemelos, Pedro y Pablo, prendió un maquech a los niños, porque temía que los fueran a embrujar. Pues muchas cosas quedan en el país de leyenda de los mayas; unas buenas, y otras malas.

Ya agonizante, le confió al maestro de obras su proyecto, aun y sin dinero, y dice el maestro don Delfino que sus últimas palabras fueron: el águila también es símbolo de Cristo.

◆ III ◆

Forgive me for speaking so soon.
Carl Sandburg, *"Offering and Rebuff"*

Eclipse

Enmedio de la ciudad, en una esquina histórica, cuyo fundamento era una cabeza de serpiente de piedra y sobre la cual se levantaba un palacio criollo, una mujer indígena preparaba unos elotes asándolos sobre un anafrecito. Olía a carbón, y olía limpio. Sobre la banqueta de reliz amarillo y bajo los postes, los anuncios, la cruz colonial, los cables y las ventanas pintadas con letreros, el humo cenizo del carbón de México y el olor dulce y sabroso del elote se mezclaban con otros olores, nada agradables, procedentes de los albañales, y con los aromas de una tienda de perfumería. Los elotes estaban grandes y muy tiernos, porque eran primerizos, no eran del lote fino de septiembre, cuando mero es; apenas estábamos entrando a agosto. Lo mismo que habían hecho sus ancestros hacía mil años hacía esta mujer, como si la ciudad de México no existiera a su alrededor. Él siguió caminando por una de las calles del centro. No iba de traje, ni siquiera de guayabera, sino, cosa rara en él, de mezclilla. Era blanco. Parecía gringo, pero, si se le miraba a los ojos, pudiera pensarse que era mexicano. Había vivido temblores, explosiones y motines mientras buscaba libros viejos acerca del sueño de Bolívar. Y sí, era mexicano, nomás que nieto de franceses del Mediodía. Siguió su camino a espaldas del gran barco de piedra y de piedad de Catedral y se persignó. Unos días más y sería la fiesta de la Asunción. Hoy iba a haber un eclipse solar, eclipse que provocó miedo en las gentes, lo que había valido para que el periódico *La Prensa* encabezara su edición de esta mañana húmeda y soleada, así: "¡HEREJES!"

Eso le hizo gracia. Era exacto lo que él pensaba. Porque fin, fin habría. Pero no era propio estar hablando de él, ni especulando, ni maquinando nada acerca del último día. Él,

79

que era católico, gustaba de una frase de Martín Lutero, que
decía: "Aunque supiera que hoy es el fin del mundo, de todas
maneras sembraría un árbol o una flor". Lo usaba como divi-
sa cada vez que la gente le hablaba de energía, de horóscopos
(que él llamaba para sí "el error caldeo"), de objetos voladores, de misterios sin resolver, de la apertura de los chacras,
de meditaciones trascendentales y toda la gama de panfiladas
en que creían muchos de sus contemporáneos, a muchos de
los cuales, por otra parte, respetaba. Por su pensamiento iba
a esa palabra tan en desuso: herejías. Lo peor de todo, pensaba, era que, en el remolino de la confusión actual, no podía
convencer a nadie de abandonar esas mezclas de creencias.
Muy al contrario: los demás veían en él a una persona cerra-
da, nada abierta, que parecía condenarlo todo, juzgar farisei-
camente a los demás y, en fin, perderse y caerse por su propia
severidad. Él sabía que no era en nada mejor a nadie, y que si
creía, era por la gracia de Jesús, y no por sus méritos. Mas sin
embargo, como se dice en México, tal vez un poco redundan-
temente, él creía. Creía en el perdón y en el pecado. Sabía
que todos somos pecadores, perdonados y amados por Jesús.
Pero cuando se expresaba así, intuía que su interlocutor
entendía algo distinto; que no importando lo que uno hubiera hecho con su vida Jesús lo perdonaba todo automática-
mente. ¡Cómo le hubiera gustado ser distinto! Ser alguien
humilde, como la señora que preparaba los elotes, y a la cual,
si decía que era católica, nadie contrariaba. Pero él era escri-
tor, lo cual ya añade un punto de soberbia a la persona de
uno: era blanco, en México: otro punto; y era de la ciudad,
no del campo, como sí lo habían sido sus bisabuelos. Más
puntos. El nihilismo le había producido escoriaciones. Tal
vez lo mejor de su fe eran sus vicios, en este sentido: como
caía y recaía en ellos, algo de humildad y de pobreza le otor-
gaban. Sabiéndose débil, porque era débil, en algo lo ayuda-
ban, para no creerse tanto, no sentirse tanto, no seguir juz-
gando agotadoramente los tiempos que la Providencia había
dispuesto que viviese, sino vivirlos.

Hoy era el eclipse. Como siempre esa palabra le entristeció. Siguió su rumbo, atravesó el pasaje de Catedral, lugar donde se venden objetos litúrgicos y además hay yerberos, y salió a Donceles entre tiendas de cámaras y de rollos y agencias de lotería y puestos de comida en la calle hasta la mejor librería de viejo de la ciudad. Odiaba ese lugar. Los dependientes eran otros que juzgaban al cliente, y los precios eran muy altos. Pero sólo allí se conseguían los libros que él precisaba para concluir su tesis de doctorado acerca del gran sueño conservador de América, antes de que el cachorro de pantera nos invadiese con sus seductores diplomáticos, sus logias importadas y sus aviesos cañoneros. Este día del eclipse no halló nada. Le compró a Pelayo una pequeña monografía sobre el suero anticrotálico escrita por ese osado tabasqueño que fuera en vida el doctor don Patrocinio Greene, y acerca de cuya extraña suerte había oído mucho, pues el doctor, buscando un tesoro, había desaparecido tragado por una montaña. Y no cualquier montaña, sino el gran Cerro que Humea, el Popocatépetl, al que los naturales llaman aún Don Goyo, y que también gustaba de, por medio de imponentes fumarolas que se alzaban contra el cielo como penachos de vapor y de ceniza, ocupar los titulares de la prensa escrita. Salió, y decidió ir a comer. No había visto el eclipse, estando entre libros, y eso le proporcionó un pequeño placer. Volvió a tomar el pasaje, salió a la calle de República de Guatemala y enfiló sus pasos hacia el Arzobispado. Vio un mendigo, con una llagada pierna al aire, roja y renegrida. Estaba muy borracho, e insultaba a dos niñas que pasaban con los ojos fijos en el suelo y tomadas de la mano. Al parecer algunas escuelas habían decidido permitir a los niños salir antes para que pudieran ver el eclipse. Se quedó pensando cómo ayudarlo mientras se acercaba a él. Pero no pudo acercársele mucho, porque el hombre lo miró con saña, y agitó su muleta en un gesto de clara advertencia frente al güero.

Jacinto comió solo, en un restaurante que había visto sus mejores años tiempo atrás, y que ahora apenas se sostenía, pero que a él le gustaba, por su ambiente como encapsulado, ahumado, reflejo borroso de un México que fue, y que ya no habría de ser: le recordaba las gratas sesiones con el difunto don Eliseo y su amigo Pelayo, que se lo había presentado en un principio.

El camino de regreso al sur fue patético. Luego de estar en las laberínticas y feas oficinas del periódico *Novedades*, tomó el tren subterráneo hasta la universidad, que estaba en huelga. Y fue pensando en cuerpos. Al salir al aire libre una pinta lo lastimó. Decía: "Hemos roto las cadenas para que hable la Raza". Ah, cómo odiaba los graffiti: sobre todo los garabatos que no comprendía, y que lo minaban, erosionando su pensamiento y carcomiendo su espíritu. Ya muchas veces había pensado en escribir, no en contra de los graffiti, sino a favor de la integridad del paisaje. Al abandonar el tren, en la última estación, cuyo símbolo era un águila y era un cóndor, y que dolorosamente le recordaba ese deseo de unidad, vio un incendio en los secos pastizales, y vio gente mirando el incendio. Y nadie hacía nada; ni él tampoco hizo nada. Lleno de vergüenza se subió a un taxi de vidrios ahumados que lo condujo a gran velocidad hasta su casa. Afuera, en la banqueta, lo esperaba su amigo Pelayo, a quien le había comprado el librito de don Patrocinio. Juntos se dieron un son, casi nomás cerrando la puerta del departamento en la calle de Galeana. Tantita bareta, como se dice en Colombia. Pelayo era su más tierno amigo; tal vez fuera también el más constante, y le agradeció mucho el regalo, tanto que le dio un fuerte abrazo. Era a lo que más le temía; los fuertes abrazos de su fuerte y hermoso amigo. Porque su sordo secreto era uno, y, aunque Pelayo lo vislumbró desde que se conocieron, y, aunque tuvo no una, sino muchas novias, siempre lo abrazaba muy junto, muy pegado, y él quedaba entre agradecido y lastimado por la conciencia de ese cuerpo que deseaba. De pronto notó que esta vez el abrazo era como demasiado largo, y aún más apretado, y luego le dio un beso, y se dio cuenta que estaba a punto de llorar, y ya, nada más. Abrieron una botella de cerveza y platicaron un rato: de la montaña, y de política mexicana, y de un proyecto de una película que Pelayo deseaba hacer. Sonó el timbre justo cuando estaba agarrando valor para volver a abrazarlo. Era su novia de Pelayo, Marisela, una mujer deslumbrante, y amable, aunque también tenía su genio. Se dedicaba a viajar haciendo programas de televisión acerca de nómadas, peregrinos, reliquias, paraísos olvidados, muescas. Era una mujer muy competente y linda: tenía prisa ese día.

Poquito después se fueron. Al irse, le dio una paranoia terrible, como hacía mucho tiempo que no le daba, y recordó las palabras de Tolstoi: "Recuerdo cómo la creencia cristiana me repelía y me parecía carente de sentido al verla profesar por gente que vivía en contradicción con sus propios principios, y recuerdo cómo esta creencia me atraía y me parecía hermosa y sensible cada vez que veía a gente que vivía de acuerdo a sus principios… Me di cuenta de que había estado perdido, y cómo me había extraviado. Había derrapado no porque mis ideas fueran incorrectas sino porque había vivido alocadamente. Me di cuenta que había yo estado ciego ante la verdad, no tanto porque mis pensamientos fueran erróneos, sino por mi vida misma, que había transcurrido dedicada, exclusivamente, a satisfacer, epicúreamente, mis deseos…"

Vio que estaba carleando de sed, como dice fray Luis de Granada acerca de los lebreles: bebió un vaso grande de agua, de la llave, y se sintió menos apanicado.

Rezó luego luego, igual de rápida y de secamente como ahora le acontecía, lleno de miedo, lleno de remordimiento, volviendo una, y otra, y otra vez, la vista hacia atrás, como no debe hacer nadie que haya decidido empuñar el arado.

Y de pronto ocurrió. ¿Cómo? No sabía. Por pura piedad. Sintió, y él sabía que no era la sensación lo importante de la religión, sino la decisión, como decía Tolstói, de seguir a Cristo, pero aun así sintió que de la imagen de la Virgen de Zapopan que él devotamente honraba en su casa, se derramaban hacia él oleadas cada vez más profundas de amor, suaves ondas que poco a poco lo iban tocando, y envolviendo, mientras él se echaba a llorar y caía de hinojos de nuevo. Parecían crecer doradas columnas frente a sus ojos cerrados, y encenderse dorados incensarios, y comenzar a cantar un coro de ángeles en silencio una filigrana de encendido amor que parecía teñir de rojo el oro que se estaba imaginando, o que estaba viendo, ya no lo sabía, pero que crecía ante él hasta casi alcanzar el vestido azul y blanco de la Virgen que fuera Capitana de la Insurgencia, y Patrona de Guadalajara, y fuera coronada Reina, y cuya basílica era el tercer santuario más visitado por los fieles mexicanos. Nubes, serafines, columnas: todo palidecía ante el azul profundo de la caridad que sentía dispuesta hacia él, él, pobre pecador. ¡Cuánto quería hacer! ¡Cuánto tenía que hacer! Y oyó unas palabras que una vez le dijera su amigo, palabras que venían de la ciudadela de San Juan de Acre y que Pelayo había traducido del latín anormandado de aquellos lares: "Si no tú, ¿entonces quién? Y si no ahora, ¿entonces cuándo?" Y cayó traspasado al suelo de su departamento. Y así estuvo un tiempo, y dejó de sollozar. Se fue calmando. Dentro brotó, creció, y sacó hojas y ramas su decisión: su "sí" sereno. Entonces empacó unas cuantas cosas en su mochila, y su tesis también, y le habló a un padre dominico de Oaxaca, que era su amigo desde hacía tiempo, y le pidió si le permitiría por favor irse para allá un rato, a buscar en el silencio y en el servicio el rostro del Padre. Después fue al mercado, aunque ya era noche. Todo estaba nimbado de paz. Compró allí unas flores y las llevó a la parroquia de Tlalpan, recién enjalbegada y con toques de amarillo en las cornisas y en la concha de Santiago; y se estuvo en agradecimiento, frente al Santísimo. Éste había sido un día tan largo como un año. No hay mal que por bien no venga, pensó, y pidió mucho por su amigo, y por el eterno descanso de sus difuntos. Regresó a su casa, apagó la veladora, sacó su mochila, cerró bien la puerta y fue a dejarle la llave a don Mario, el boticario, médico y consejero de medio Tlalpan.

Y, como en un sueño, recordó un recado en la máquina contestadora que había oído distraído antes de salir para la terminal de camiones donde abordaría un autobús hacia su destino y que de pronto tomaba fuerza, y le daba fuerza a él. El recado era de Pelayo: sólo decía así:

–No te preocupes, Jacinto. Yo te comprendo, y te perdono, y también te pido perdón. No te preocupes. Y pues en eso estamos.

Siempre hubo tigres

*La locura no ha podido ser más misericordiosa
pues impidió a las víctimas darse cuenta
de toda la espantosa extensión de la catástrofe.*

Amado Nervo, *El pánico es anestésico,
Crónicas, Obras completas*, vol. xxv

Todo comenzó un lunes de junio. Estaba preparándome para
salir a almorzar unos tacos de canasta cuando llegó un cable
de nuestra corresponsalía en Pekín. Hubiera yo salido a almorzar de todas maneras, aunque se hubiese tratado del
LXV Congreso del Partido, de no ser porque en ese momento entró mi jefe, Amalia. Amén de jefe de información de
Notimex, Amalia era una mujer adicta a lo insólito –usaba la
palabra "bizarro" perfectamente mal, como si significara
"extraño" y no como es en castellano, un sinónimo de valiente–, de esas pobres supersticiosas que creen que el mundo se
va a acabar, por lo que decidió que había que cubrir la historia. Algo estaba pasando en Yunnan, algo poco claro a pesar
de tener que ver con espejos. Había habido muertos. Las
pocas imágenes de televisión disponibles provenían de un
video casero. Y por más que le hicieron los técnicos para acla-
rarlas, sólo mostraban sombras y sangre.

Yo no le caía bien a mi jefa, tal vez por estar felizmente
casado, tal vez por no prender los cigarros con la flama de
una vela: por eso me mandaron a China.

Me dieron la visa de seda en su gran embajada de piedra
volcánica allá por Loreto; y el martes siguiente, luego de des-
pedirme de Marisela, mi mujer, volé a Los Ángeles y de allí a
Pekín. En la capital tuve que esperar tres días para abordar el
tren a Kunming, la capital de Yunnan. Encontré Pekín igual
que siempre: hosco. Dormí la primera noche en la gran estación de trenes; no sólo porque me gustara el edificio ni sus
frescas y olvidadas salas de espera para extranjeros; pero los
boletos a Kunming estaban todos vendidos. Luego fui a la
embajada, donde, por fin, gracias al consejero cultural de

México, un cuate mío llamado Claudio, pude reservar un lugar en un vagón de lujo que salía de la capital a las ocho de la noche. Compré leche y quesos, raros lujos en Pekín, en el estanco del enclave diplomático y unos *croissants* cerca de la plaza de Tiananmen.

Pero no parecía estar pasando lo que suponían que pasaba: nadie me desaconsejó mi viaje al sur, ni hubo una sobretasa especial por mi pasaje. El tren era una máquina grande y nueva e iba casi vacío. Me tiré en la litera y me dispuse a pasar las muchas horas de viaje de la mejor manera posible; rezando y durmiendo. Al poco rato entró un militar de alta graduación quien se enfurruñó por tener que compartir su cabina con un sucio extranjero; sin embargo yo no me iba a mover de allí, de modo que decidió irse a cenar al vagón comedor. Luego entró una muchachita para requisar, por la duración del viaje, mi pasaporte. Es práctica común. Me dio un gran sello rojo a cambio. Como a las doce regresó el militar, y fingí dormir. Iba pensando en que una de las cosas que me consolaban de este viaje era el que iba a ver carabaos. Creo que la estampa más amable de la felicidad que conozco es la de un niño que duerme descamisado sobre el lomo negro del búfalo de agua.

Al ir al baño me extrañó no ver un espejo en el gabinete pero, prejuicioso como soy, aduje su falta a algún burócrata cuya magnífica idea para ahorrar había sido la supresión de los espejos. "De todas maneras podré rasurarme en el hotel", pensé.

En el hotel, el lujoso Dragón Dorado, había un espejo en mi habitación, aunque estaba estrellado. De todas maneras me afeité, fui al mostrador a quejarme por la rotura del espejo, y me atendieron con mucha cortesía; logré telefonear a México después y hablé veinte o veinticinco minutos con mi esposa, porque había descubierto una araña en el baño y no quería que le colgara. Fuera de eso, todo bien. Salí a desayunar, y encontré un sabroso puesto de pan de arroz. En eso vi un anuncio de Esso sobre las hayas. La gran cabeza del tigre se asomaba detrás de los árboles, entre tendederos e ideogramas. Seguí andando, queriendo conocer la ciudad. El juego de luces y de sombras de las hayas sobre la banqueta de una piedra entre gris y café producía una filigrana sedante y hermosa. Vi un chapulín chino que pensaba lo mismo que yo, mientras tomaba el sol en una hoja. Comenzaba a hacer calor, y apenas eran las nueve y media de la mañana. Un hombre se me acercó. Mi pésimo chino y su pasable inglés me convencieron de que era un maestro de pintura, y, amablemente, me invitaba a ver algunos cuadros. Yo acepté. No tenía nada más que hacer. El maestro de pintura me guió por la ancha avenida, hasta que llegamos dentro del patio de una escuela. Yo pensaba que íbamos a un museo, a ver pintura clásica, pero subimos las escaleras de la escuela, igual que cualquier colegio de México, y entramos a un gran salón vacío, sin sillas, ocupado en cambio por cuatro mesas de buen tamaño. Entramos y cerró la puerta con llave. "En la torre", pensé, "me va a asaltar." No, únicamente quería venderme trabajos propios, o de algunos de sus colegas o discípulos. Me gustó mucho un tigre en la nieve y otro espiando entre los bambúes y, después de regatear, los compré. Cierto que a mi mujer no le gusta el arte chino –carece de toda sensibilidad para cualquier cosa que se halle más allá de California– pero pensé que si alguna vez tenía una productora independiente y en ella mi propia oficina, unos tigres se verían espléndidos. Enrolló las pinturas. Entonces, en lugar de volverse más abierto conmigo, el pintor me miró raro, y se negó a contestar a ninguna de mis impertinentes preguntas: ya me lo esperaba, "músico pagado toca mal son", y mis yuanes ya estaban en su bolsillo. Me pareció desalmado sobornarlo: lo intenté, pero no me dijo nada.

Al salir a la calle hacía un calor tremendo, húmedo y pegajoso, como en Mérida, de modo que tomé un taxi hasta el Dragón Dorado y subí por unos anchos escalones al suntuoso bar del hotel, dispuesto a beberme un *whisky sour*, encontrarme con un periodista veterano y ponerme una borrachera hablando de los rumores de Kunming, una ciudad muy agradable que iba poco a poco perdiendo su encanto puesto que la estaban "modernizando", es decir, echándola a perder. Dejé mis pinturas en mi habitación y bajé al bar estilo "ciudad prohibida".

Estaba bebiendo mi segundo trago a solas, fumándome un delicioso cigarro Torre Roja cuando aparecieron dos periodistas; sus narices coloradas los habían delatado. A uno lo conocía, aunque no me cayera nada bien. El otro era un perfecto desconocido, y era danés.

Al que conocía lo llamaban Jerry, pero su verdadero nombre era Lauro Rivero. Había nacido en Puebla, mas hecho su carrera en México y en Nueva York; ahora escribía para el *Post* reportajes acerca del folclore del milenio: naves, alienígenas, terapias y demás charlatanerías eran su feudo. Era ambicioso y sabía chino extraordinariamente bien.

Me saludó con grandes exclamaciones y abrazos y me presentó a Rasmussen. De inmediato nos pusimos a hablar acerca de los extraños sucesos de la provincia mientras uno pedía un whisky y el otro un vaso de vino. Al cabo de unos minutos Lauro se dio cuenta de que yo no sabía nada, y a mí me dio mucho coraje. Pero él, amablemente, consideró su deber ilustrarme.

–Ha habido mucho muerto y mucha conmoción, pero las autoridades niegan que siquiera algo esté pasando. Y lo que pasa es que han despertado, porque así estaba escrito, los seres mitológicos de su letargo y han comenzado la invasión de nuestro mundo desde el suyo propio.

–¿Y dónde están? –pregunté, creyendo recordar algo al mismo tiempo. Algo relacionado con espejos. Algo de Agatha Christie, no.

Mis colegas me miraron, se rieron y encendieron sus *laptop* al unísono.

–En los espejos –dijo Lauro.

–Es Alicia, pero al revés –dijo el danés apurando su vino y luego mirando los reflejos de la copa vacía en la bruñida superficie de la mesa. Y en eso ocurrió algo muy extraño, algo fuera de este mundo. Un hombre se acercó a mí, y me dijo en español de México:

–¿Qué hace usted aquí, amigo mío?

Levanté la vista y ¡por Dios Santo!, allí estaba el doctor Greene, con un traje de lino que le quedaba al centavo y un sombrero de jipijapa en la mano.

Los presenté. El doctor no se sentó.

–¿No lo vi a usted entrar a la Clínica de las Hierbas Chinas de las Montañas de Jade? –preguntó Rivero en inglés, por deferencia a su amigo, me supongo.

–Se equivoca usted –contestó el doctor con su acento de Brasenose–, pero no se preocupe: ya ve usted que en China todos los extranjeros somos iguales. Un consejo: si yo fuera usted mantendría ese aparato cerrado, y, sobre todo, ¡no abra su e-mail! Y usted acompáñeme, si me hace el favor –me dijo en español. Dejé un billete de cien yuanes y luego salimos rápidamente del Dragón Dorado. Yo iba muy sorprendido y tropecé con un puesto callejero de cangrejos de río.

Caminamos hacia la avenida Jinbi, sombreada por las hayas, y de allí nos fuimos metiendo por estrechas callejuelas. "Pintorescas", diría el doctor. Íbamos hacia el río. Entramos por fin a un patio, que me recordó México, y por fin en un edificio de estilo colonial europeo, con una veranda y balcones.

–Éste fue el consulado francés –me explicó don Patrocinio–. Siéntese, voy a pedir té –me pareció oír un rumor, lejano, como de caballerías. Me senté. Sabía que el doctor Greene, este rotundo tabasqueño émulo de Holmes, no me diría nada sino hasta que llegase la hora. Gozaba sabiendo que sabía algo que el resto ignorábamos; le sucedía con harta frecuencia, es cierto, pero no por eso lo disfrutaba menos. El silencio teatral, el antiguo consulado, el espejo cubierto por un paño negro que alcancé a ver tras el vidrio, el té: todo era ir preparando un escenario en donde él podría dar una solución al misterio que me había traído a la perfumada ciudad de Kunming y el verdadero enigma de qué hacía él aquí, cuando yo lo creía muerto y enterrado. Por fin trajeron el té, que era notable. El doctor tomó el suyo y yo me arrellané en un sillón dispuesto a oír su historia.

–Usted está aquí merced a ciertos rumores que circula la prensa internacional, ¿no es así? –me dijo, como si fuera un funcionario envejecido, uno de esos hombres de cara de palo que desprecian "las noticias".

Asentí, y bebí té.

–Los rumores, como usted sabe, son, por su propia naturaleza, desmesurados. Lo que aquí está ocurriendo, de momento, es tan sólo un suceso local. Usted y yo nos encargaremos de que no se vuelva una catástrofe universal. Venga, lo necesito en el télex.

–Pero podríamos usar el e-mail –dije, creyendo que por vez primera me hallaba más adelantado que el buen doctor.

–Pamplinas –dijo éste–. Venga, venga.

Y yo lo obedecí.

Me tuvo en el télex transmitiendo hasta las tres de la mañana mensajes que, para mí al menos, no tenían ni pies ni cabeza. Cuando se me acabaron los cigarros él mismo me trajo unos.

–Los cigarros de Yunnan tienen fama.

Dormí mal en esa casa francesa empotrada en China, con sus espejos cubiertos de paño negro, como si hubiese habido una muerte en la familia.

Al día siguiente fuimos a un lugar extraordinario en un Mercedes Benz blindado. Es un lugar difícil de imaginar, y lo que más me lo recuerda son esos laberintos de fichas de dominó que hacen los ociosos para luego descarrilarlas todas en un solo movimiento. Es el Bosque Petrificado de Yunnan. Las lajas de piedra negra son muchísimas, una detrás de la otra, esquinándose, como tropezándose, junto a centenares erguidas. Es como si hubieran sido sembradas. De golpe, allí están, y parecen hombres, mudos y colosales, y uno creería que no hay un resquicio entre sus filas. Y luego se va entrando al bosque por veredítas; hay en realidad dos bosques de piedras: el grande y el pequeño. El doctor me dijo que tenía que dejarme un rato a solas, y me interné entre las lajas. Aunque hacía muchísimo calor la piedra daba sombra. Encontré que el bosque tenía otro encanto, dificilísimo de hallar en China. Y es que de repente está uno solo. Solo y su alma. Y es que en China estar a solas es materialmente imposible: siempre hay gente. Por todas partes hay alguien. Y caminé mientras iba pensando en tigres; en tigres ajenos, como escribió Lizalde; en el aire de los grandes imperios que es el tigre, como escribió Valéry; en el oro de los tigres de Borges; en el ojo de tigre de México; en tigres bruñidos y tigres pendientes; y en el magnífico "Tiger Christ" de Eliot. (Pensar en Eliot siempre me ayuda en China; pensar en Cristo más aún.)

De pronto, perdido y a solas entre las piedras, cuyas sombras se encontraban debajo de ellas, como raíces, vi, o creí ver, una rayada y rápida transparencia, y luego sentí un como zarpazo de aire, y caí desvanecido.

Cuando reapareció el doctor, iba acompañado de un hombre amarillo limón. Yo estaba recostado contra una piedra: tenía una venda en la cabeza: me dolía horrible.

–El doctor Ho.

Así que este hombre era el más famoso homeópata del mundo. Circulaban muchas leyendas acerca de él. No hablaba inglés, pero pareció darle una gran alegría que yo pudiera balbucear chino. Regresamos a Kunming luego de un almuerzo bastante magro. Observé que el doctor Ho sólo comía arroz y unas hierbitas parecidas al cebollín, e imaginé que tal vez dentro de él se escondía un gran guerrero taoísta. Algo había yo presentido al ser atacado; de algo o alguien que tomaba mi defensa, como un nagual. Tenía que ser este médico.

Los siguientes días los pasé en cama, y, al recuperarme, seguí enviando criptogramas, y me parece que también al día siguiente. Y no fue sino hasta la hora de comer del cuarto día de renovada actividad, en que todo pareció refluir y amansarse. Traía la barba muy crecida, como de backpacker, pero no podía afeitarme; tenía prohibido verme al espejo. En el comedor había un verdadero banquete esperándome: musgo de río frito, medusas secas, hongos *chongcao*, pollo al vapor y fideos típicos llamados "sobre el puente", y ríos de té y de cerveza importada.

—Doctor —dije, una vez satisfecha mi hambre como de telegrafista de las fuerzas de Zapata—, por amor de Dios, explíqueme qué pasa… ¿Estará bien mi mujer?

—Sí, por eso no se preocupe. Hemos salvado al mundo.

El doctor Ho entró en ese momento. Traía una gran caja con el famoso té budista del jade de leche. Felicitó a Greene; me felicitó a mí, me desvendó con gran cuidado, casi diría que con cariño, y luego, satisfecho, se fue, tan silencioso como había venido. De nuevo me vino a la cabeza el pensamiento de que era un guerrero: el maestro tigre taoísta, sin lugar a dudas. Mi mujer jamás me creería: he dicho que nada chino le gustaba; debo hacer una excepción, para mí lamentable. Mi mujer cree en el *feng shui*. Yo, por supuesto, no.

Don Patrocinio abrió el whisky y encendió el ventilador, más por los mosquitos que por el calor.

—¿Alguna vez se preguntó a dónde iría a dar toda la energía que dimana de las computadoras? ¿No le interesó nunca saber el porqué de esta urgencia por que todos estuviéramos conectados a la red? ¿Esta gratuidad de la red? A mí sí, pero no fue sino hasta que llegué a China que empecé a atar cabos. Vine en realidad por otras razones; usted sabe que soy delegado de la OMS; tenía el encargo de convencer a las autoridades chinas de cerrar el tráfico de despojos de tigre. Y aquí, en Kunming, me encontré con un personaje singular. Es el doctor Ho. Había sido de todo y ahora era, además de médico, un empresario de la red. Cosa curiosa, le caí bien, aunque no hablo chino. Nos comunicamos en francés. Una noche, cerca de aquí, en un albergue de mucho lujo que hay junto al Bosque Petrificado, me contó la historia de los animales de los espejos y de su clamor desesperado por vengarse de nosotros, los del mundo, a través del espejo. Resulta que entre las grandes acciones civilizadoras del Emperador Amarillo, Dios guarde su memoria, una fue ganar la sangrienta guerra en contra de la gente especular. Las artes mágicas de tan ilustre varón prevalecieron sobre los conquistadores. El emperador "rechazó a los invasores, los encarceló en los espejos y les impuso la tarea de repetir, como en una especie de sueño, todos los actos de los hombres". ¿Sabe quién escribió esto? Acuérdese... bueno, no importa; volveré sobre ello. Y lo que estuvo ocurriendo aquí fue la rebelión del pueblo de los espejos. Usted obtuvo una buena herida, pero con el té del doctor le aseguro que no le quedará cicatriz; es casi tan bueno como el axíhuitl.

Hizo una pausa. Sirvió más whisky.

—La red fue el invento del pueblo de los espejos para quitarse de encima nuestro dominio. Es como un anzuelo que tira uno; como el anzuelo, va de un mundo a otro. Alguna vez..., ¿alguna vez le dije que mi temor más grande es que el futuro fuera a ser como el pasado? El pasado más remoto, anterior a Cristo, el pasado más mitológico, el del miedo, el crimen, la hazaña, el de las tortugas inmortales y los minotauros... Había que desenredarse.

Las aspas del ventilador continuaban su ronda. Bebimos más whisky; encendí sin querer un cigarro con la flama trémula de una vela.

—La clave de todo, ¿ya lo adivinó usted?, está en Borges.

Me extendió, abierto en las páginas 14 y 15, el *Manual de zoología fantástica* (México, 1957). El ejemplar estaba húmedo, pero pude leer lo siguiente:

> En el Yunnan no se habla del Pez sino
> del Tigre del Espejo. Otros entienden
> que antes de la invasión oiremos des-
> de el fondo de los espejos el rumor de
> las armas.

Cerré el libro. Greene sonreía.

—No se preocupe. En este momento están rompiendo o velando todos los espejos de la Tierra; pronto apagarán todas las pantallas. Será una guerra corta y en la cual, frente a los bruñidos tigres, no habrá necesidad de armas; tan sólo de velos. Habrá pérdidas, claro, todos los necios que quieran curiosear por la red o se asomen a la profundidad de los espejos, que "son abominables", de nuevo Borges. Sepa usted

que yo sé, en parte porque me lo dijo el doctor Ho, que tenemos algo que en los espejos no tienen. Tenemos alma. Así es:
somos el pueblo de las almas. Esto no nos lo pueden quitar;
no, nadie puede arrebatarnos el alma, sino el enemigo, y esto
sólo con pleno conocimiento, y habiendo materia grave,
etcétera. Y ahora, me imagino que le gustaría saber cómo es
que salí de debajo de las montañas…

Llevo muchos años enterrado

–Así es, me dijo el doctor Patrocinio Greene. La última vez que lo había visto, antes de su milagrosa reaparición, fue durante una expedición, malhadada, que emprendimos a su instancia y tras la cual yo había quedado convencido de su muerte, tragado por las faldas del volcán, preso para siempre en los centros de la Tierra. Y la verdad desde su muerte no era yo el mismo. No era tan sólo el que lo hubiera querido mucho, sino que además extrañaba en él a una de esas figuras necesarias en el mundo. La figura de alguien un poco excéntrico, muy amable, capaz de indignarse por la injusticia y de caminar poniendo toda su atención para no aplastar a un bichito por un descuido. Su desaparición inesperada, que pareció propia de un sino predeterminado y temible, había estado nimbada de pavor.

¿Cómo se explica uno si no que alguien sea tragado por una montaña, a las cinco de la tarde de un lunes de mayo, mientras más abajo unas señoras están vendiendo refrescos de colores en cubetas de plástico?; ¿cómo se entiende una irrupción así, y con muertos, cuando al mismo tiempo todo parece ser lo mismo y decir lo mismo? La verdad no sabíamos que el futuro fuera a ser tan esotérico, que bajo los gestos con los que intentábamos expresar amor, o futuro, o duda o esperanza, se escondieran otros gestos, de burla, de desprecio, una máscara camuflada bajo nuestro propio rostro, desdeñosa. En los breves momentos de lucidez durante mi opaca travesía por el miedo, en esos preciados momentos, cada vez más escasos, de comunión, en que me ponía a pensar de veras, yo también llevaba mucho tiempo enterrado, los mismos años que el doctor Greene.

Él atado a la piedra; yo amordazado por un sistema de recompensas de la república; él en silencio por la ceniza y el

tezontle; yo mudo por haber aceptado la red de las complici-
dades. Me había hecho cineasta, en contra de los deseos de
mi difunto padre, y había resultado ganador de una beca,
una de las muchas con las que un gobierno que hubo en
estos años pretendió comprar complicidad, lográndolo. Eso
en un país con cuarenta millones de gente con sed y con
vana esperanza de que al cántaro o al jarro le cayese siquiera
una gotita de beneficio. Era cineasta pues, y el sistema me
había premiado. Tuve, por primera vez en mi vida, dinero en
relativa abundancia; lo suficiente para ir a filmar un docu-
mental a Marruecos acerca del simbolismo de *Casablanca*, y
luego a Ginebra, que quería conocer por Borges, a París, a
Los Ángeles. Poco a poco me fui pudriendo. Fui a lugares.
Cometí pecados. Me dio por la soberbia asesina de ir juzgan-
do a los demás y de, al encontrar en ellos una mayor o menor
podredumbre que la que ya tenía yo por dentro, irme preo-
cupando, perdiendo certidumbre y fundamento. Al mismo
tiempo, no tenía que ocuparme de mis gastos. La gente vio
además con malos ojos que yo tuviera este estipendio porque, por una regla no escrita, se suponía que era yo demasiado joven. Eso fue entonces. Yo, que me sentía el Atom
Egoyan mexicano, no tuve ni la sensibilidad ni la sabiduría
necesarias para darme cuenta que, al aceptar esa soldada,
según otra regla no escrita, pero también poderosa, también
pulpo (como diría el cangrejo), me había obligado al silencio, a la genuflexión, o al exilio interior. Pero además el país,
mientras el doctor Greene penaba en su cárcel de piedra
oscura, al país lo habían sacudido hasta sus cimientos. Era
como un torturado que pide la muerte. Sus llagas piden la
muerte y sólo obtiene nuevos golpes. Y yo, como Pablo de
Tarso, sosteniendo sus ropas. Sin hablar, sin decir nada. Por
dentro, sufriendo al ver sufrir a los que veía apedreados, el
tamaño de mi aberración se volvió una sombra gigante en la
cual yo caminaba pálido y mudo. Luego una película mía
que hice acerca del simbolismo de *Allá en el Rancho Grande*
tuvo una primera función desastrosa, y la crítica prefirió
ignorarla. También porque no me atuve a lo políticamente

correcto, y me importaba menos la imagen de la mujer que la del hombre, y menos la crítica social que la representación de lo tradicional en un medio no tradicional como es el cine. Después vino lo peor, para mí, más o menos por las fechas de otra gran matanza. Al "Marcianito" Varona le habían dado una Medusa de Cinabrio y los Bambúes de Oro por una adaptación feminista, muy gay y muy grafitera, de *Allá en el Rancho Grande*, pero en el futuro apocalíptico del cómic, por el que no siento sino una muy leve curiosidad acerca de a dónde quieren ir.

Vi la ascensión de los malos, esta vez en formas confusas, ora sigilosas ora llenas de insidia, derramando tinta negra en los corazones. En el mío, por lo menos.

—Yo en una situación similar —me dice el doctor interrumpiendo el hilo de mis pensamientos—, me di a la bebida. Y me di a la bebida en serio, hasta el borde del abismo y hasta lamer mi propio vómito, si me perdonan la expresión, aunque no debería pedir perdón por decirlo, pues se encuentra en una de las epístolas de san Pedro. Los pretextos nunca me faltaron; que si había perdido el Cruz Azul, que si había ganado, que si el día había resultado en el fracaso de uno de mis experimentos; si me ofendían, pues por eso mismo, y si no, porque no me hacían caso y se levantaba en torno mío el muro del silencio, el verdadero muro del nopal. En mi caso fue después de 1968; en el de usted luego de 1996. Allí cada uno por su cuenta agarró las palabras. Tal vez estaba uno justificado o justificándose, el caso es que ambos ocultamos nuestro talento. Fuera por la razón que fuera. Y ambos con la culpa de saber que al que más se le dio, más se le exigirá, pero sin poder detenernos en nuestro riel de bajada, queriendo cerrar la herida con limón o con gasolina.

Volteé a mi alrededor. La Feria del Libro de Guadalajara proseguía a nuestro derredor como una bien organizada colmena. Nadie nos escuchaba. El doctor sabe ser enfático, aunque es un tanto excéntrico en los ejemplos que intercala en su conversación.

—En fin, con cosas que no sirven, ni han servido nunca, ni

servirán jamás para cerrar heridas, y hacerlas sanar, cicatri-
zándolas hasta que ya queda nada más su leve huella. Yo en el
volcán, adentro, enterrado, vi muchas cosas en mi duermeve-
la, y muchas eran terribles y había unas que eran peor. Y no
tenía voluntad para impedirlas en mi imaginación y creía que
mi cárcel de piedra era tan eterna que antes me volviera yo
de piedra que poderme liberar.

–Son como redes –dijo, por fin, ya sin aguantarse, nuestra
mutua amiga doña Cecilia. Ella también había llevado luto por
don Patrocinio, y llevaba también unos años como desasosega-
da. Y aunque iba mucho a misa, no se sentía mejor, y estaba
dentro de sí, a mí nunca me dijo nada, inquieta, y quería ir a
confesarse, pero no podía, porque se imaginaba tal o cual
pecado que le daba pena, le daba mucha, muchísima vergüenza ir a contárselo a un padre y al mismo tiempo sabía que la
eterna vida de su alma dependía de ello. Como no se decidía,
crecieron en ella los escrúpulos. Ya se sabe que mala cosa son.
Llegan hasta a impedir que uno lleve a cabo una buena acción. Entorpecen el diálogo de uno con su alma y con Dios.
Doña Cecilia era una buena mujer: simplemente no estaba
acostumbrada a que a sus amigos se los tragara una montaña–.
Y las redes, como todo, tienen mucho simbolismo.

Nos interrumpió en eso un fan de doña Cecilia, pues ella
era una de las estrellas de la Feria, tras haber publicado su
novela acerca de las amazonas. La había escrito para divertir-
se, y hete aquí que había resultado un éxito; ahora tenía un
programa de televisión bastante visto en el canal de las vani-
dades. "Tengo a mi tía enferma", me dijo a la mañana siguiente de la primera transmisión, una mañana esplendorosa pero
en la que yo había amanecido crudo, tembloroso, atemoriza-
do, "por eso acepté." Yo le dije que no era quién para juzgar-
la (considerábamos a ese canal corriente y amanerado), pero
en el fondo de mi alma sé que la juzgué. Y la condené. Y por
ello le pido perdón.

Su fan se fue con un autógrafo y una sonrisa. Pedimos otro
café al decentísimo mesero viejo. Iba a dar la una. Ingleses y
japoneses se preparaban para "lonchear".

–Es curioso dejar de estar enterrado. O amordazado. O enredado. Es curioso sentir que uno ya no tiene miedo y que puede reírse de sus temores y de los diablos que los atizan. De pronto hay la luz del día, de pronto. Como cuando se echa un cohete, que prende de pronto y estalla de pronto, siempre con sobresalto, pero lo siguen luces y silencio. Es curioso romper con el pasado. Si alguien rompe tu condena, eres feliz, ese momento, y aunque sepas que vendrán nuevos problemas, dejas de estar impedido.

–Así me sentí al divorciarme de Javier –dijo doña Cecilia, haciéndose la brava, una de las razones por las cuales más la admiro. Y también porque me ayudó luego de mi siguiente fracaso cinematográfico (uno que sí descaradamente hundieron mis enemigos, porque hasta eso había yo estado nutriendo); la soldada se agotó poco después y entré a trabajar a Notimex, trabajo que odiaba, pero donde tenía que hacer, y podía dedicarme a beber como una esponja en los océanos, y los bajíos, las rías y las profundidades del "aperitivo nacional" como dicen los cursis. Esa agencia me mandó a China, a ver si me hundía, a cubrir la noticia de los tigres bruñidos. Allí me reencontré con el doctor, desenterrado de su tumba ultrapetrina, fui herido, y creo que fuimos, junto con muchos millones más, unos héroes. Y fue como si a mí también me desenterrasen vivo justo cuando ya creía que me iba a ahogar, crispado, venciéndome la muerte.

–Yo sentí lo mismo –dijo el doctor. Una lágrima apareció en su ojo azul. Qué bueno era estar vivo, hoy.

Asentimos. Ya no recuerdo quién dijo: "Como si uno hubiera sido el Pípila, y de pronto llegase un heraldo y nos dijera, *ya te puedes quitar la losa de encima*, y volteara uno, y estuviera vivo".

Los cerros de cobre

"Usted sabe que tienden a pasarme cosas raras", dijo esa tarde de febrero don Patrocinio, a manera de introducción. "Permítame contarle lo último." Asentí. Acabábamos de comer, una comida ecléctica como todas las que yo preparo (tortitas de tzompantles y tempura). Habíamos tomado un vino bueno y mexicano. Tardeaba. Al lado de su casa de ustedes la milpa seca estaba poblada de pájaros y de cantos. Afuera nos entretuvimos fumando, viendo el humo y las hormigas bajo el sol de la tarde.

Yo tenía propósito de pizcar esa tarde. Le pregunté al doctor si le importaba; al negarlo luego de apagar la bacha, me puse a pizcar las cerezas de café que ya estaban del hermoso color escarlata que delata que están ya maduras. Yo no sé pizcar ni medianamente bien y eso que me enseñó don Chucho, al que Dios tenga en su gloria. Al arrancar la cereza de la rama uno debe cuidar que el punto de rotura entre el fruto y la vara sea tan justo que no se lleve uno también el rabito del que pende cada cereza de café, porque si no, al año entrante no va a dar en ese lugar. La tarde anterior había extendido unos costales de ixtle sobre un soleado piso de cemento de una como pérgola que nunca se había terminado, y ahora servía, entre otras cosas, para secar el café.

Fui metiéndome entre las matas protegidas del sol por un aguacate alto pero picado y un ciruelo criollo que parecía un achaparrado árbol de la africana sabana. El doctor Greene me seguía. No se crea que la extensión sembrada de café por don Chucho era cosa del otro mundo. Había apenas unas cuarenta matas que daban. Sacaría, calculé, unas tres cubetas. De allí saldría, una vez despulpado y secado, y una vez que se le quitara el pergamino, molido y tostado, una sola cubeta, pero me hacía ilusión el hecho de que, aunque no lo hubiera yo sembrado, cosecharlo sí pudiera, y no dejar que los granos cayesen al piso y se pudriesen confundidos con la hojarasca. A pesar de lo idílico del cuadro, tenía problemas. Uno, muy concreto, era que en muchas de las ramas iba yo encontrando los nidos blancos y viscosos de unas arañas que no son buenas para el café porque sus telas, si las tejen cerca de las cerezas, las pudren. La voz de mi paisano me seguía.

"Iba a ser día de muertos. Entre otros quehaceres había que ir a comprar ollas, cazuelas, cubiertos, cirios (todo tiene que ser nuevo para los muertos), mole en pasta, pan de muertos, refrescos, ron para hacer ponche de naranja agria, flores de cempazúchitl, y 'cabezas de león' y nardos y gladiolas blancas para el Señor Dios Padre y una carga de leña para aguantar toda la noche el desvelo."

Don Patrocinio me iba a seguir platicando cuando se oyó de improviso el altavoz de San Pedro. Pronto pondrían valses. Oí la campana del zaguán. Salí a ver. Varios vecinos me esperaban para la colecta de "la artillería" (éstos son los cohetes) y de la música. Regresé a la casa a buscar mi cooperación. Tengo para mí que los cohetes son una tradición que debe guardarse. Me gustan, aunque sé que tienen tanto sus pros como sus contras: mis perros, claro está, los detestan. Di cincuenta pesos y les aseguré que estaría en la fiesta del Santo Patrono. El pueblo celebraba a un santo polinesio. Era un día que a mí me hacía, y me hace, muy feliz. Había habido mañanitas, peregrinos y danzantes, y mole verde en un barrio encaramado en las peñas.

Luego regresé. El doctor se había estado entreteniendo con las papalotas y los colibríes que zumbaban ahítos de la miel de plúmbagos y de colorines. Tenía su famosa anforita en la mano; y me invitó un trago.

"Este valle", dijo el doctor, refiriéndose a la joya encerrada en los cerros de cobre donde tanto él como yo habíamos últimamente fincado, "este valle no es tan sólo un lugar de gran belleza y muy tranquilo. Es, también, según las confusiones de nuestros días, de esta década díscola y ennegrecida, y como sabe usted muy bien, un lugar *mágico*, lleno de buena vibra para unos, punto de contacto con civilizaciones desaparecidas, un valle de brujos y de cuevas, umbral de secretos herméticos, y pista de aterrizaje de extraterrestres y otros visitantes del más allá. Mucha gente rara, aparte de uno mismo, lo ha elegido, más que como simple habitación, como cuartel, o como puesto de avanzada centinela. Se espera que pasarán muchas cosas, y si no pasan, pues no importa, pues de que han de pasar, han de pasar. A mí me cuesta mucho seguir ese tipo de conversaciones. Pero así habla todo mundo aquí."

Sonó el estallido de un primer cohete, como aviso de que se fuera uno preparando, y su eco retumbó largo rato en todo el valle, en los paredones de los cerros de cobre.

"Este tipo de conversaciones se dan. Este día que le cuento era la víspera del día de los Fieles Difuntos", continuó el doctor, "en la noche llegaban los muertos, día de misa, y banda, y ayuno y luego pozole, enseguida pisto, canciones, más y más de beber, cohetiza; y, a veces, había un muertito. Es curioso, pero no hay cantinas en el pueblo. Yo creo que esto se debe a la influencia de las mujeres del pueblo, que de esta manera obligan a sus padres, maridos, hijos, primos y cuñados a beber en la vía pública y exponerse a que cualquiera te vea. Y muchas de estas mujeres serias y trabajadas y amables, si sabía uno hallar el tono con el cual debía hablárseles, regañan cotidianamente a los borrachines; y piden por ellos a san Judas Tadeo, patrono de las causas perdidas, a la Virgen de Guadalupe, a santa Inés, que es muy milagrosa, o al señor san José, patrono de la buena muerte.

"En esta calle ya ha habido más de un muertito porque, siendo como es una calle tranquila, al estar sombreada por las ramas africanas de los ciruelos criollos, es evidente que a los *iguanos* les gusta. Aquí beben a sus anchas, y, bebiendo, usted sabe que a veces salen cosas que sería mejor que no salieran; se hacen los dones de palabras y, no faltando quien traiga un cuchillito o a veces hasta una pistola, el resultado es que hubo un *muerto matado* y que al día siguiente de la defunción aparecieron veladoras y flores; y, a los siete días, vinieron con gran seriedad a *levantarle la sombra al muerto*, pues, por haber muerto violentamente, este rito es imprescindible, o, de lo contrario, no habrá de descansar en paz su alma.

"Nos había tocado a fines de junio uno y, por las fiestas patrias, otro. Y a éste lo conocía, y le tenía aprecio, pues me hablaba, don Wilfredo. Usted sabe que aquí se celebra no uno, sino cuatro días de muertos. El día 30 es el día de *los matados* y el día 31 de octubre el de *los muertos chiquitos*; luego vienen Todos Los Santos y, por fin, Los Fieles Difuntos. Cuando amaneció ese día 2 de noviembre me desperté pensando en don Wilfredo; luego me dispuse a irme al mercado.

"Fui caminando al mercado. El Chevrolet viejo no cabe bien por la calle que a mí me gusta tomar. De regreso ya tomaría un taxi. Iba yo pensando en nada cuando divisé la iglesita de La Santísima. Como de costumbre me molestó ver que pasaban unas gentes por enfrente de su atriecito y su puerta abierta y no se persignaban. Luego me enojé conmigo mismo por molestarme. Al cabo a mí qué. No hay que juzgar. Ni que fuera yo un santo. Es más, juzgar a otro, y lo que sería peor, condenarlo, era una contundente prueba de cuán lejos me hallaba de cualquier asomo de santidad.

"Fui comprando: primero el copal, que me guardé en el bolsillo; luego los cirios (veinte, a veinte pesos cada uno); luego las flores; luego las cazuelas y las palas de madera para servir, y por fin el mole y una botella de ron con qué convidar a mis vecinos. Los refrescos quedé con un taxista que él pasaría por ellos; y la leña no la encontré, así que me conformé con dos medidas de ocote. Metí todo el recaudo en el coche y ya iba a arrancar cuando me encontré con Didier. No sé si lo conoce. Era un mozalbete francés que había dejado patria, casa, granja, idioma, religión, familia y novia para venirse a hacer chamán en México. No le iba mal. Según él podía ya curar muchas cosas. Puede ser. Conocía bien los caminos de los cerros de cobre. Muchos dones le habían explicado cosas porque era inteligente, era extranjero y los escuchaba. A mí no me caía mal; por ejemplo llamaba a los árboles *hermano* y esto, desde san Francisco, es bueno. De hecho platicábamos a gusto a veces, pero siempre teníamos terribles discusiones en las que yo no siempre llevaba la mejor parte. Porque él, cuyo afán era comprenderlo todo y abarcarlo todo, y que además era joven, no se arredraba ante las ceremonias budistas, ni frente a los enigmas de los graniceros, ni ante las rameadas mexicanistas, ni los rituales que tuvieran que ver con los platillos voladores, ni nada: a todo –mota, jarilla, hongos, piedras– le entraba. Uno, frente a él, parecía siempre ser un viejo cerrado. Hacía ver mi religión odiosa. Hacía parecer a la gente envarada, y poco interesada, puesto que a él todo le importaba, y a todo le encontraba significación. Lo único que no hacía era beber; y ese rasgo me lo hacía más simpático, pues mis amigos y uno, y hasta usted, sin que seamos iguanos, bebíamos fuerte todavía. Didier es un personaje muy complejo, pero así somos todos, aunque usted todo lo ve o blanco o negro.”

Estuve a punto de contestarle, pero me contuve. Tal vez tenía razón; tal vez yo medía todo con una vara severa, y todo era o negro o blanco. Siguió con su cuento:

“Didier me invitó un son. Yo, a pesar de haber prometido mi tarde, a pesar de tener a las doñas en su casa de usted esperándome, a pesar de tener muchos quehaceres, le pagué al taxista para que llevara todo a mi dirección, y me fui con él. Subimos hasta otro pueblito, donde Didier vivía. Es acá arriba. Es un pueblo de mucha peor fama que éste. Allá sí todos, se dice, son gente de mala traza: brujos, violadores, asesinos. El pueblo, en sí, es precioso, hundido entre neblinas y oliendo a ocote. Para no hacerle el cuento largo no sólo fumé con él, sino que fumamos, todavía no sé por qué, dentro del atrio de la iglesia. Apenas había apagado el toque cuando me di cuenta del tamaño horror que acababa de cometer. Didier estaba muy quitado de la pena, y tenía ganas de hablar. Pretextando algo, odiándome y aborreciéndolo, salí de allí, caminando con paso veloz por la carretera que subía y bajaba entre las extrañas formaciones de las montañas, pidiendo piedad a Dios. ¿Qué me pasaba? ¿Estaba yo loco acaso? No hacía ni quince días que me había confesado, y ahí estaba, fumado, bajando como un loco, en un día de particular respeto, pues es el día anterior a la noche en la que llegan los muertos. Mi desasosiego era muy grande. ¿Qué podía hacer? Me daba tanta vergüenza, en serio, tanta.

"Bajo el límpido cielo de la primera tarde de noviembre, llegué al cruce, y esperé a la *ruta*, es decir, al transporte público. Subimos hasta la parte de atrás del convento y allí me bajé. Debía parecer loco. Me fui a mi casa y me serené con un té de doce flores. Fue anocheciendo.

"Arreglé el altar con doña Nicasia. Nos quedó muy hermoso, y grande. Luego rezamos; luego cenamos. Al terminar rezamos de nuevo; yo le prendí una vela a mi abuelita y doña Nicasia prendió los diecinueve cirios restantes: uno por su papá, otro por su mamá, por sus padrinos, por los muertos de la calle de la Jardinera, por los muertos del desastre de Chalma, por los muertos de la guerra; en fin: diecinueve en total. Su corazón siempre me ha asombrado por lo grande que es.

"Nos había invitado a cenar pozole una vecina, doña Irene, y allá fuimos. Yo llevaba una caja de refrescos como regalo; doña Nicasia, el ron. Resultó que habíamos llegado demasiado temprano; aun así nos sirvieron unos platos inmensos. Yo seguía muy preocupado, de modo que me retiré antes de que comenzaran a rasguear la guitarra y a cantar puras canciones tristes, y me regresé a la casa. A doña Nicasia, que le encanta la jarana, la dejé en buenas manos, pues se estarían cantando toda la noche y parte de la madrugada.

"Desde que entré a mi casa supe que había alguien allí. Y también, con horror, supe que ese alguien no era un cristiano vivo, de carne y hueso, sino algo más. No sé aún si quise dármelas de valiente o si el terror me tenía clavado como un clavo en el umbral de algo que no entendía. Las llamitas de los cirios parecían almas; el camino anaranjado de pétalos de cempazúchitl parecía hollado por pies aleves, y era evidente que alguien se había fumado un cigarrito cerca de la ofrenda de muertos. De pronto adiviné una forma. Era la forma de un hombre que lloraba, y me pareció más espantoso esto que si lo hubiera visto serio y callado. ¿Quién eres?, pensé que había dicho, pero estoy seguro que andaba tan espantado que no dije palabra.

"La pregunta surtió efecto. Era un ánima que había errado el camino al Purgatorio; supe, por un instante, del alma aterrada frente a la puerta y frente al Ángel del Señor, y de una historia que tenía que ver con *Los Plateados,* que fueron un grupo de jinetes que, ante el triunfo liberal, se hicieron salteadores de caminos, le agarraron gusto a eso de andar a salto de mata perpetrando crímenes y terminaron haciéndose crueles, envileciéndose, odiados. Y esta sombra, o esta figura, este polvo, esta nada, ¿qué tenía que ver conmigo? No lo averigüé. Hay algo que se llama los secretos nunca revelados a los blancos. Y yo soy blanco, tan blanco que don Félix, un nahuatlato, me preguntó un día si es que en mi país, de donde yo venía, había tamales. Y pues en Tabasco claro que hay, no como aquí, pero son muy sabrosos.

"Lo siguiente que vi fue el sol de la mañana y a don Feliciano, otro vecino mío, muy culto y medio chamán también. Don Feliciano me dijo que no tuviera miedo. Doña Nicasia me subió un té de árnica. 'Lo fuimos a encontrar en la barranca.' Y, en efecto, estaba todo mallugado, que es como dice el pueblo. 'Eres parte', me susurró el viejecito al oído, en náhuatl, 'de una historia muy larga, que le decimos el sueño de san Dimas, y que no te voy a contar hoy, aquí.'

"A la mañana siguiente busqué algún rastro de lo que yo creía había pasado. No encontré nada, aunque muchos de los cirios tenían, por sus formas caprichosas, grotescas, historias que contar de haber hablado; pero ya nomás me faltaba hacerle caso a lo que dicen que dicen los cirios. A darle las gracias a don Feliciano voy, le dije a doña Nicasia, y me dejó salir, pero el hombre no me quiso decir nada. Así sigo. Ya es la hora de los moscos. Vamos a regresarnos adentro. Dispénseme por esta historia tan larga, pero, ¿sabe?, desde entonces, vivo penando." Y luego continuó: "He guerreado contra los insectos reales y los tigres virtuales, ¿no? Estuve durante el bombardeo de Bagdad en esa mansión de paz pero me salvé del naufragio del buque *México*. Investigo serpientes, crímenes y busco tesoros. Y luego me tragó el Popocatépetl y me vomitó luego de mucho en una exhalación. Alguien debería de escribir todo esto, ¿no cree?"

NOTA

Esta compilación es el resultado de la reunión de un libro de cuentos, *El sitio de Bagdad y otras historias del doctor Greene*, publicado gracias a la generosidad de José Manuel de Rivas (Q.E.P.D.) y Armando Harzacorsian, de Ediciones Heliópolis en 1994, junto con dos cuentos entresacados del libro *Birmania* (Libros del Umbral, 1999) y varios otros cuentos, alguno inédito, que tratan del doctor Patrocinio Greene o comparten cierto espíritu, o cierto tono de época.

Pablo Soler Frost

Fotocomposición: Maia Fernández Miret Schussheim
Impresión: Programas Educativos, S. A. de C. V.
Calz. Chabacano 65-A, 06850 México, D. F. Empresa certificada por el Instituto Mexicano de
Normalización y Certificación, A. C., bajo la norma ISO-9002: 1994/NMX-CC-04: 1995 con el
número de registro RSC-048, e ISO-14001: 1996/NMX-SAA-001: 1998 IMNC con el número
de registro RSAA-003.
10-IX-2002

Narrativa breve en Biblioteca Era

César Aira
Los dos payasos
Un episodio en la vida del pintor viajero
Los fantasmas
La prueba
José Joaquín Blanco
Mátame y verás
El Castigador
Nellie Campobello
Cartucho. Relatos de la lucha en el norte de México
Rosario Castellanos
Los convidados de agosto
Carlos Chimal
Cinco del águila
Christopher Domínguez
William Pescador
Carlos Fuentes
Aura
Los días enmascarados
Eduardo Galeano
Días y noches de amor y de guerra
Ana García Bergua
El imaginador
Gabriel García Márquez
El coronel no tiene quien le escriba
Juan García Ponce
La noche
Francesca Gargallo
Verano con lluvia
Héctor Manjarrez
No todos los hombres son románticos
Ya casi no tengo rostro
Rainey, el asesino
Carlos Monsiváis
Nuevo catecismo para indios remisos
Augusto Monterroso
La Oveja negra y demás fábulas
Obras completas (y otros cuentos)
Movimiento perpetuo
Lo demás es silencio

José Emilio Pacheco
El viento distante
Las batallas en el desierto
La sangre de Medusa
El principio del placer
Eduardo Antonio Parra
Los límites de la noche
Tierra de nadie
Nadie los vio salir
Senel Paz
El lobo, el bosque y el hombre nuevo
Armando Pereira
Amanecer en el desierto
Sergio Pitol
Vals de Mefisto
Cuerpo presente
Elena Poniatowska
Lilus Kikus
Querido Diego, te abraza Quiela
De noche vienes
José Revueltas
La palabra sagrada. Antología
Juan Rulfo
Antología personal
Pablo Soler Frost
Cartas de Tepoztlán
Denominación de origen